Walt Disney PHANTOMIAS ZWEI

1. Auflage
EHAPA COMIC COLLECTION
70146 Stuttgart
Übersetzung aus dem Italienischen: Eckart Sackmann
Chefredaktion: Michael F. Walz
Chefredaktion Trendthemen und verantwortlich
für diese Ausgabe: Georg F.W. Tempel
Redaktion: Quackenpress/Johnny A. Grote
Lettering: Monika Weimer
Gestaltung: Wolfgang Berger
Buchherstellung: Andreas Jakob und Agnès Borie
© 1999 Disney Enterprises
© EGMONT EHAPA VERLAG GMBH, Stuttgart 1999
Druck und Verarbeitung: Gepard-1, Koper
ISBN 3-7704-1517-5

Egal was Sie sammeln, hier werden Sie fündig:
http://www.ehapa.de
http://www.funonline.de

"Verbindung hergestellt!"

"Halt! Im Augenblick soll uns das hier noch nicht interessieren..."

Zur selben Zeit nämlich in Dhasam-Bul, einem einsamen Kloster tief im gebirgigen Herzen von Zentralasien...

Komm nur herein, Bruder Schlafender Drache!

Der Abt erwartet dich.

Ich danke dir, Bruder Grauer Stein!

Was kann ein armseliger Novize wie ich für Euch tun, ehrwürdiger Abt?

Das weiß ich noch nicht, Bruder! Ich möchte dir gern etwas zeigen!

Es betrifft das Leben, das du vor deinem Eintritt in diesen Ort des Friedens geführt hast, Schlafender Drache...

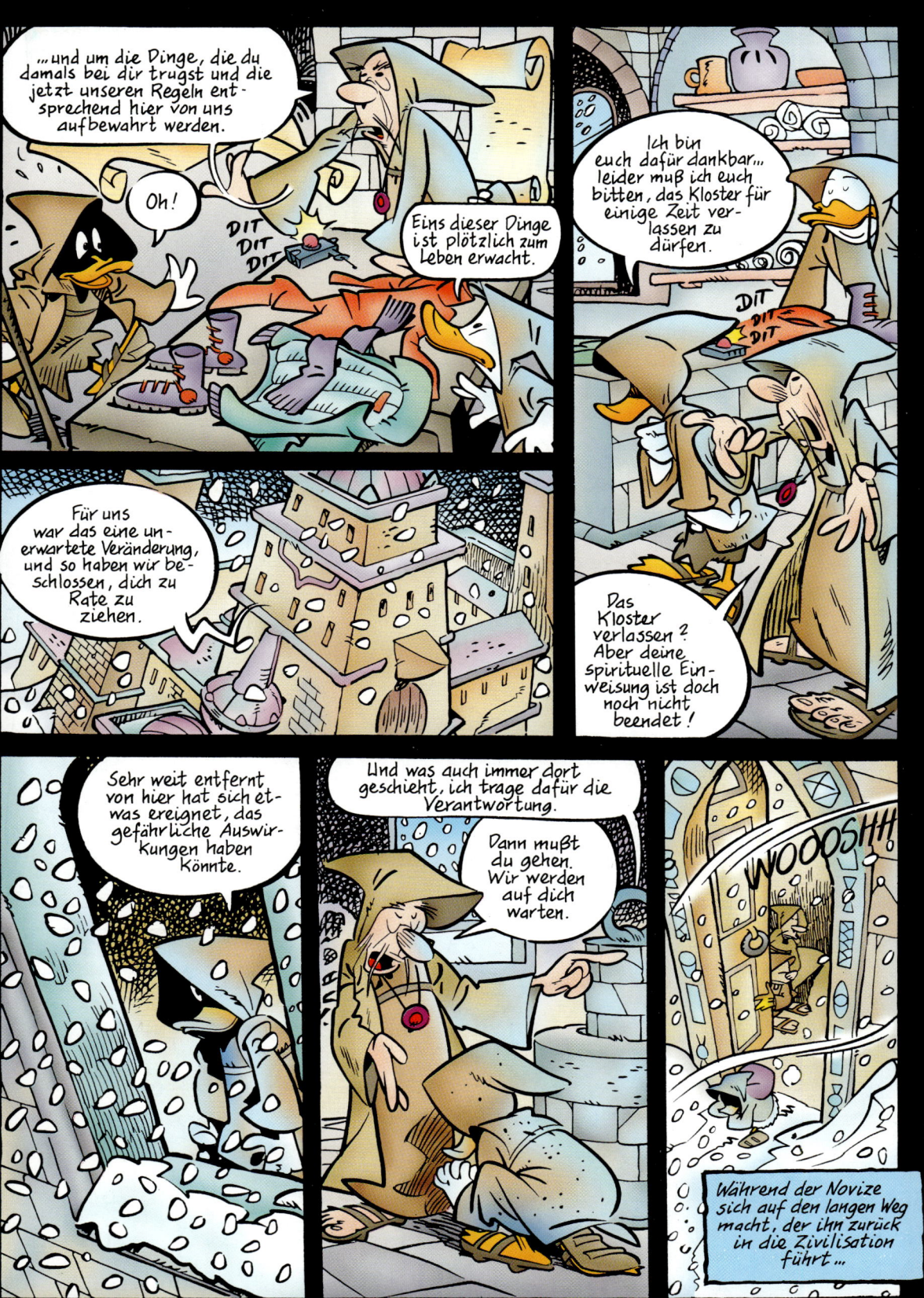

"...und um die Dinge, die du damals bei dir trugst und die jetzt unseren Regeln entsprechend hier von uns aufbewahrt werden."

"Oh!"

DIT DIT DIT

"Eins dieser Dinge ist plötzlich zum Leben erwacht."

"Ich bin euch dafür dankbar... leider muß ich euch bitten, das Kloster für einige Zeit verlassen zu dürfen."

DIT DIT DIT

"Für uns war das eine unerwartete Veränderung, und so haben wir beschlossen, dich zu Rate zu ziehen."

"Das Kloster verlassen? Aber deine spirituelle Einweisung ist doch noch nicht beendet!"

"Sehr weit entfernt von hier hat sich etwas ereignet, das gefährliche Auswirkungen haben könnte."

"Und was auch immer dort geschieht, ich trage dafür die Verantwortung."

"Dann mußt du gehen. Wir werden auf dich warten."

WOOOSHH

Während der Novize sich auf den langen Weg macht, der ihn zurück in die Zivilisation führt ...

...kehren wir nach Entenhausen zurück...

WOOOSH

Bist du bereit, Phantomias?

WOOOSH

Ich werde jetzt die Verbindung unterbrechen! Drei... zwei... eins...

...null! Das Programm ist beendet. Die Verbindung besteht nicht mehr.

Aua!

PLUMP

Ich würde es begrüßen, wenn du das Programm in Zukunft etwas sanfter beenden könntest!

Ich habe verstanden! Hihihi!

Aber nun erzähl mal, wie dein Test verlaufen ist!

Ausgezeichnet! Ich bin voll und ganz zufrieden!

Schön. Dann kannst du mir jetzt ja vielleicht erklären...

...warum ich dir ELViRa*, diese Apparatur zur Reise in den virtuellen Raum, bauen sollte?

Kannst du dir das nicht denken?

*Elektromagnetischer Link-Virtueller Raum

6

Hast du denn in den letzten Tagen keine Nachrichten gesehen?

CLIK

Doch, das habe ich. Ich habe sie sogar alle aufgezeichnet. Paß mal auf!

Ich spiele mal irgendeine ab! Hihihi!

Na toll! **Grmpf!** Ausgerechnet eine Nachrichten-Sendung von Kanal Doppelnull, meinem Lieblingssender!

Wenigstens ist der Sprecher nicht auch noch Konrad Kiwi.

Das wichtigste Ereignis des Tages wird Ihnen wie aus einem Science-fiction-Film vorkommen!

Ein mysteriöser Hacker oder Datenpirat hat heute auf dem Entenhausener Flughafen den gesamten Luftverkehr lahmgelegt!

Durch diese ruchlose Tat brach das Computerprogramm zur Kontrolle von Starts und Landungen von einem Augenblick zum anderen zusammen! Die Fluglotsen...

7

... haben geistesgegenwärtig auf Handsteuerung umgeschaltet und somit eine Katastrophe verhindern können!
Die Ärmsten mußten sich also auf ihre eigenen Fähigkeiten besinnen! So was!
Hör auf, dich lustig zu machen, du alter Besserwisser!
Ein anderer Zwischenfall ereignete sich bei der hiesigen Polizei ...
... wo das gesamte Strafregister aus dem Computer gelöscht wurde. Die Beamten versuchen jetzt, die Daten in mühsamer Kleinarbeit anhand ihrer alten, schriftlichen Unterlagen zu rekonstruieren.
Beide Computersysteme waren durch ausgeklügelte Anti-Hacker-Programme gesichert! Es ist völlig unverständlich ...
Du kannst ihn jetzt abschalten. Ich nehme an, du hast mich verstanden, oder?
Kann schon sein. Ich errechne eine 96prozentige Wahrscheinlichkeit dafür, daß du dich diesen Super-Hackern an die Fersen heften willst!
96%
Alle Achtung! Du hast's erfaßt! Du bist und bleibst eben ein Genie!

Ich hatte in letzter Zeit ohnehin nicht viel zu tun. Die Evronianer scheinen im Urlaub zu sein. Und einen anderen Gegner, der meiner ebenbürtig wäre, kann ich auch nicht ausmachen!

Nun hör sich das mal einer an! Aber es stimmt schon, daß du als Hausmeister des Ducklair Tower nicht übermäßig ausgelastet bist.

Genau!

DUCKLAIR TOWER

Und deswegen habe ich beschlossen, mich um diesen Datengangster zu kümmern..., und zwar in ganz neuem Stil!

Es sind jetzt ja schon mehrere Etagen des Turms bewohnt. Die neuen Mieter nehmen mir eine Menge Arbeit ab.

Ich werde mich virtuell auf die Suche begeben. So kann ich diese Burschen direkt in den Kommunikationsnetzen suchen!

Das ist es also, was du vorhast? Dann kann ich jetzt ja...

WHIRRRR

WHIRRRR

10

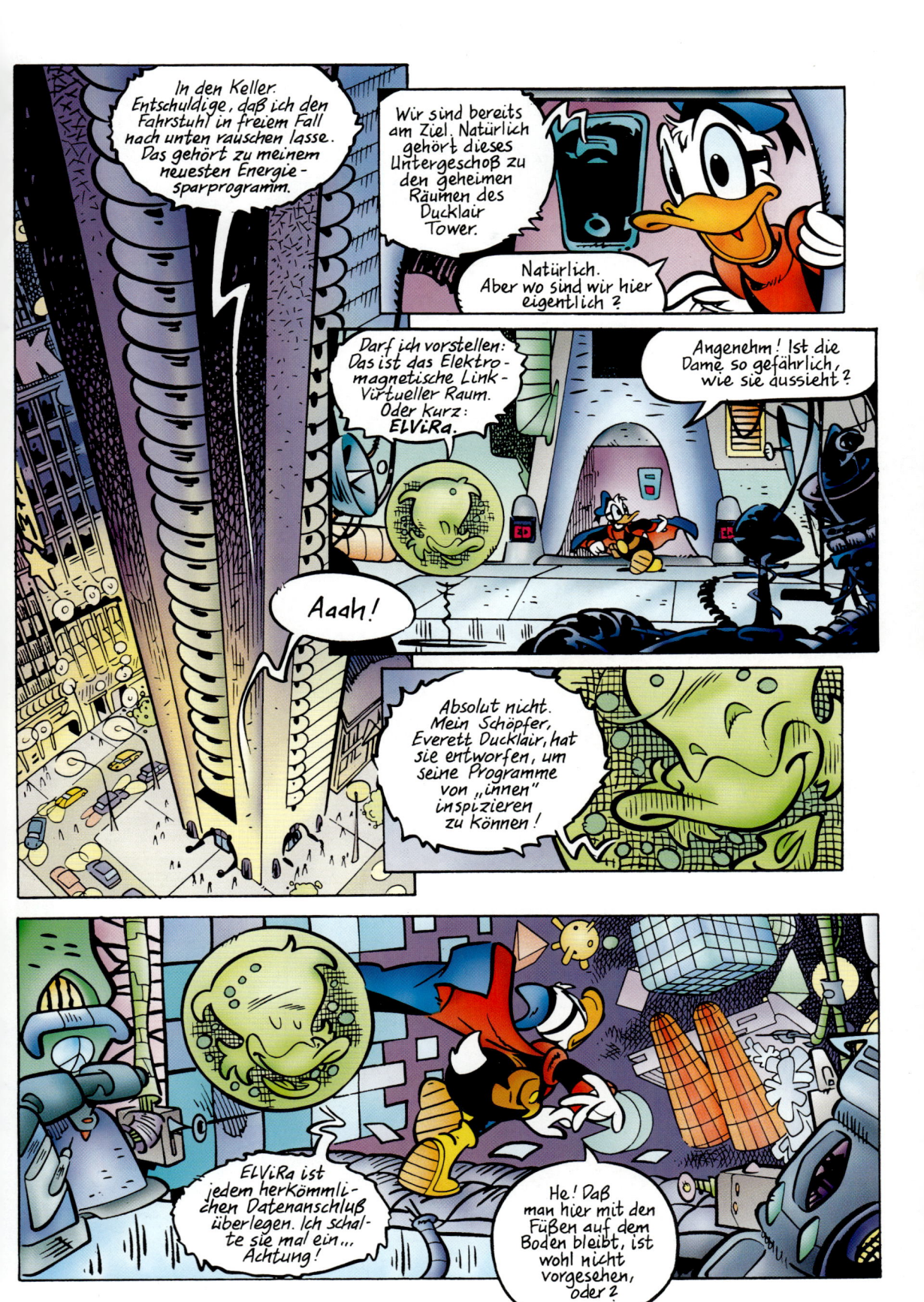

In den Keller. Entschuldige, daß ich den Fahrstuhl in freiem Fall nach unten rauschen lasse. Das gehört zu meinem neuesten Energiesparprogramm.

Wir sind bereits am Ziel. Natürlich gehört dieses Untergeschoß zu den geheimen Räumen des Ducklair Tower.

Natürlich. Aber wo sind wir hier eigentlich?

Darf ich vorstellen: Das ist das Elektromagnetische Link-Virtueller Raum. Oder kurz: ELViRa.

Angenehm! Ist die Dame so gefährlich, wie sie aussieht?

Aaah!

Absolut nicht. Mein Schöpfer, Everett Ducklair, hat sie entworfen, um seine Programme von „innen" inspizieren zu können!

ELViRa ist jedem herkömmlichen Datenanschluß überlegen. Ich schalte sie mal ein... Achtung!

He! Daß man hier mit den Füßen auf dem Boden bleibt, ist wohl nicht vorgesehen, oder?

Falls es dich interessiert: Du bist jetzt im „Cyberspace". Da wolltest du doch hin, oder?
Sicher! Und wo bist du?
Überall und nirgends, wie immer. Wenn du aber lieber einen festen Bezugspunkt hättest ...
... dann kann ich dir einen virtuellen Cursor einrichten!
Aah, schon besser!
Tolle Aussicht! Wenn du das vorher gesagt hättest, hätte ich eine Kamera mitgebracht!
Ich dachte nicht, daß du hier den Touristen spielen willst.
Ich nahm an, du wolltest dich hier auf die Suche nach dem Super-Hacker begeben!
Du hast recht! Ich mach' mich gleich an die Arbeit!
Und viel schneller als erwartet ...
Wir sind schon am Ziel! Sieh mal da, Phantomias!
So rasch?

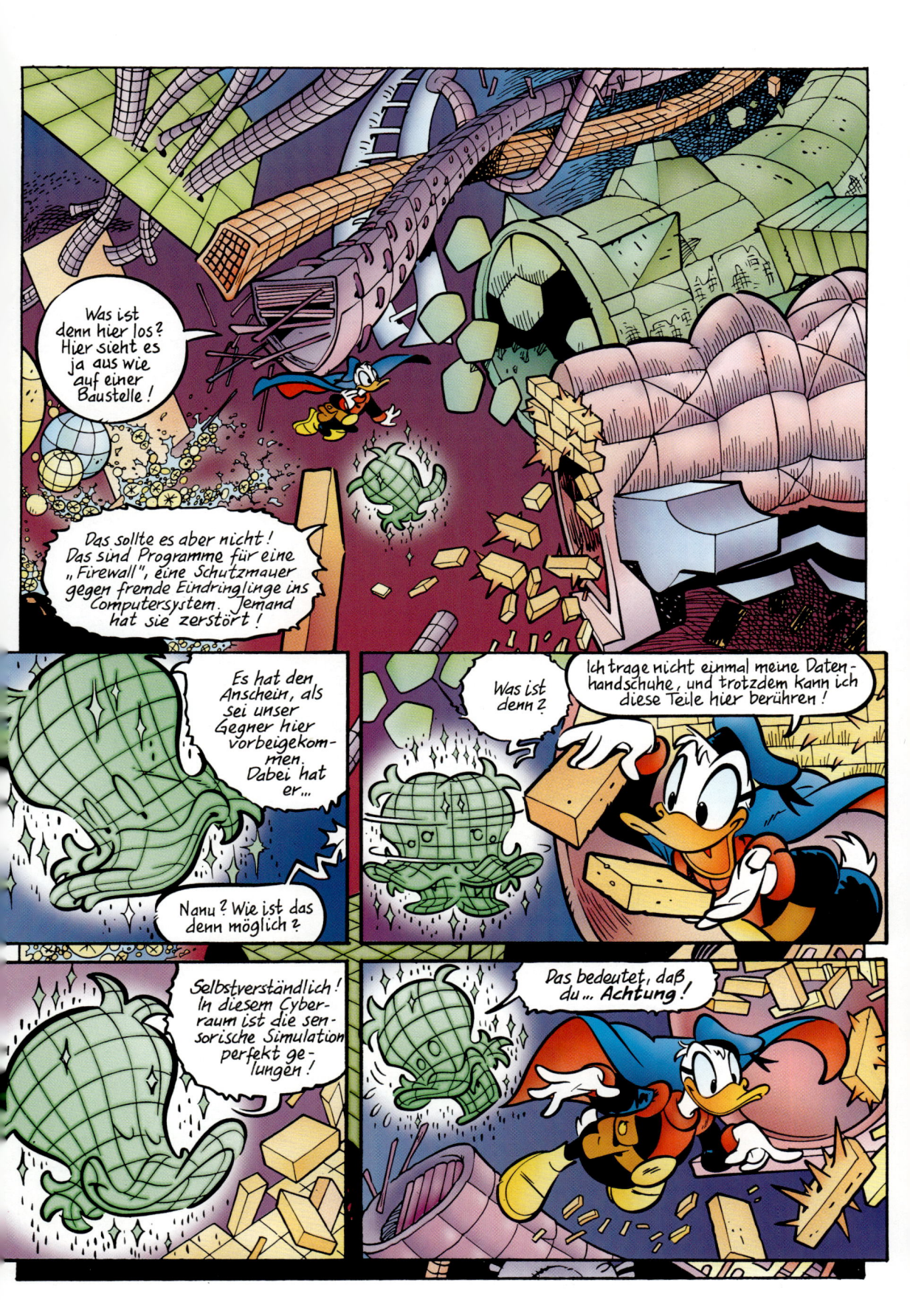

— Was ist denn hier los? Hier sieht es ja aus wie auf einer Baustelle!

— Das sollte es aber nicht! Das sind Programme für eine „Firewall", eine Schutzmauer gegen fremde Eindringlinge ins Computersystem. Jemand hat sie zerstört!

— Es hat den Anschein, als sei unser Gegner hier vorbeigekommen. Dabei hat er...

— Nanu? Wie ist das denn möglich?

— Was ist denn?

— Ich trage nicht einmal meine Datenhandschuhe, und trotzdem kann ich diese Teile hier berühren!

— Selbstverständlich! In diesem Cyberraum ist die sensorische Simulation perfekt gelungen!

— Das bedeutet, daß du ... Achtung!

"Oh!"

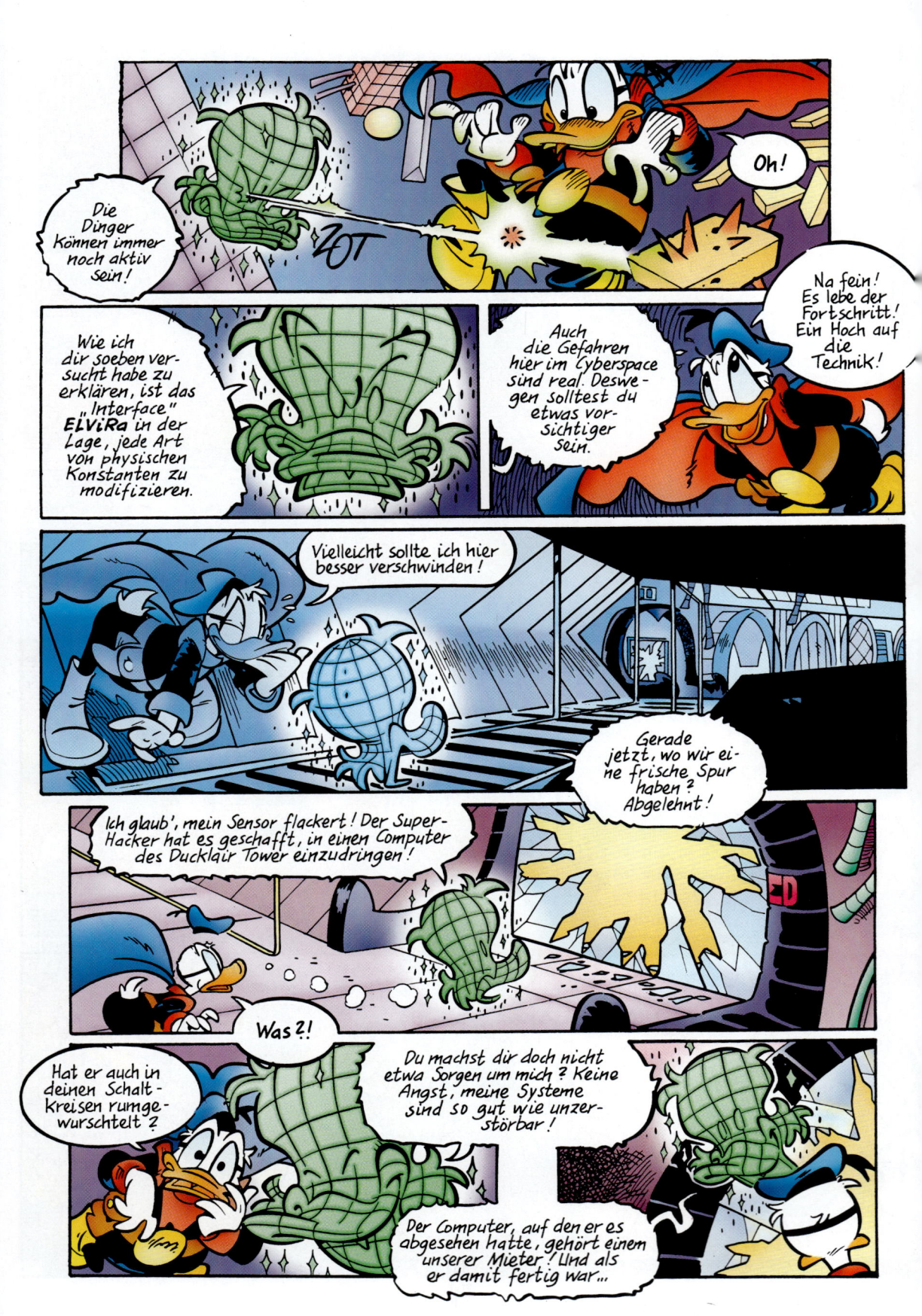

"Die Dinger können immer noch aktiv sein!"

"Na fein! Es lebe der Fortschritt! Ein Hoch auf die Technik!"

"Wie ich dir soeben versucht habe zu erklären, ist das „Interface" ELViRa in der Lage, jede Art von physischen Konstanten zu modifizieren."

"Auch die Gefahren hier im Cyberspace sind real. Deswegen solltest du etwas vorsichtiger sein."

"Vielleicht sollte ich hier besser verschwinden!"

"Gerade jetzt, wo wir eine frische Spur haben? Abgelehnt!"

"Ich glaub', mein Sensor flackert! Der Super-Hacker hat es geschafft, in einen Computer des Ducklair Tower einzudringen!"

"Was?!"

"Hat er auch in deinen Schaltkreisen rumgewurschtelt?"

"Du machst dir doch nicht etwa Sorgen um mich? Keine Angst, meine Systeme sind so gut wie unzerstörbar!"

"Der Computer, auf den er es abgesehen hatte, gehört einem unserer Mieter! Und als er damit fertig war..."

"...hat er sich in die Datenbank der E-SFX eingehackt!

Ist das nicht die Firma, die für die Filmindustrie alle möglichen Computereffekte entwickelt?

Genau die! Wir sollten besser mal nachsehen, was er in dem Laden angestellt hat.

Warte mal!

Du hast mir noch nicht erzählt, wem der Computer im Ducklair Tower gehört, an den sich der Hacker rangemacht hat!

Hihihi! Er kontrolliert das Hauptarchiv...

"...der Nachrichtenredaktion von Kanal Doppelnull!"

Tut mir leid, Konrad, aber die Sendung ist nicht mehr abrufbar!

Das hast du schon mal gesagt! Aber **warum** kriegst du sie nicht rein?

Weil irgend jemand sämtliche Bildsequenzen gelöscht hat, die wir im Cache unseres Hauptarchivs gespeichert hatten.

Das war bestimmt der Super-Hacker, von dem jetzt alle reden!

Bestimmt! Wir können von Glück sagen, daß wir ein Backup haben!

Es dauert allerdings eine Weile, es einzuspeichern und zum Laufen zu bringen.

TARATAP

Dann muß ich meinen Bericht verschieben! Am meisten ärgert mich an dieser Sache allerdings...

...daß ich nicht weiß, wie ich den ganzen Schlamassel Phantomias in die Schuhe schieben kann!

Ich wette, dafür findest du sicher noch eine Lösung.

Das Team der fliegenden Reporter startet gerade. Bei denen kannst du dich nützlich machen.

Warum eigentlich nicht? Das bringt mich auf andere Gedanken.

SBAM

Aber in der Zwischenzeit machst du dich gefälligst wieder an deine Arbeit!

00 NEWS

16

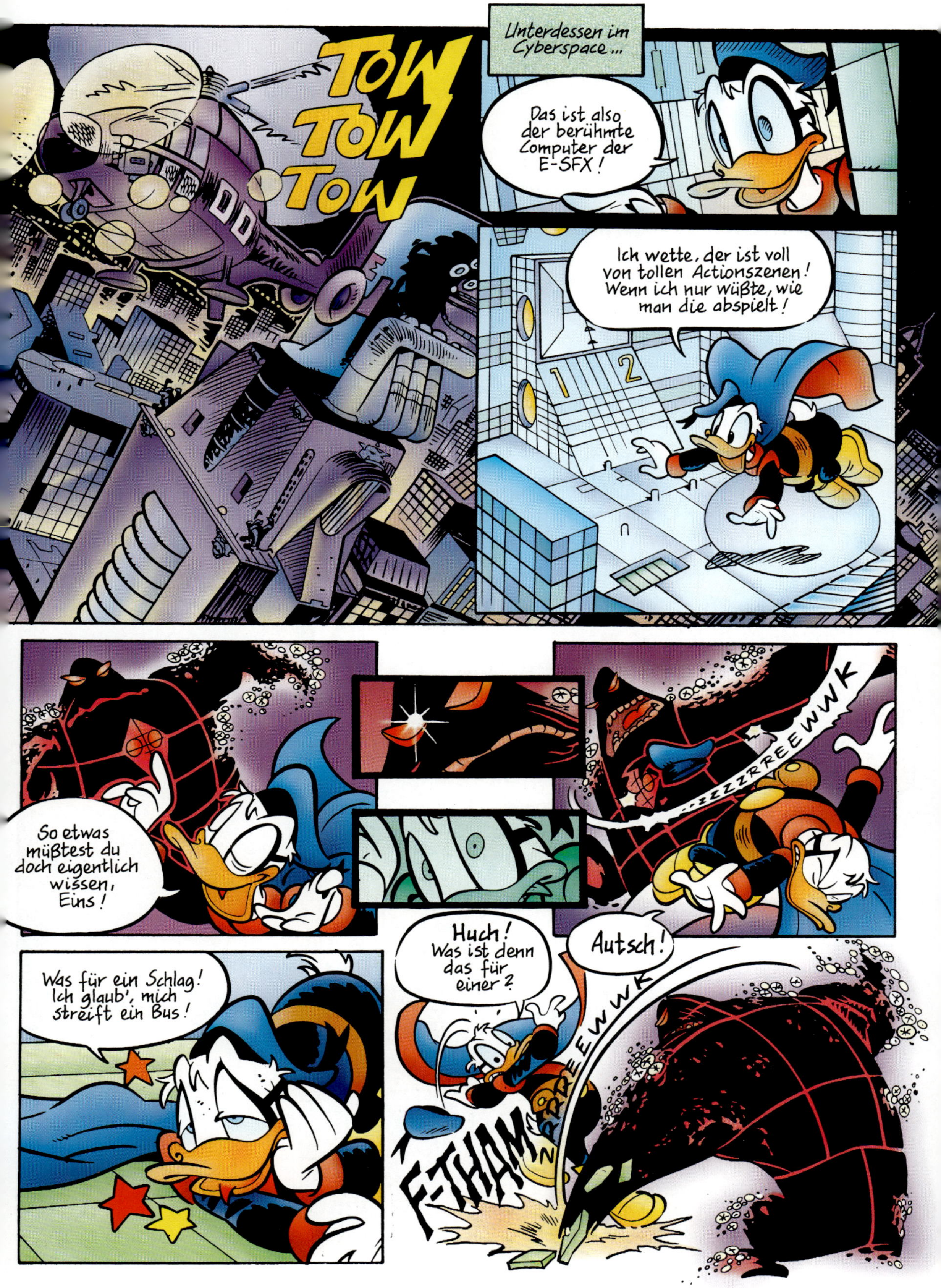
TOW TOW TOW
Unterdessen im Cyberspace ...
Das ist also der berühmte Computer der E-SFX!
Ich wette, der ist voll von tollen Actionszenen! Wenn ich nur wüßte, wie man die abspielt!
1 2
So etwas müßtest du doch eigentlich wissen, Eins!
ZZZZRREEWWK
Was für ein Schlag! Ich glaub', mich streift ein Bus!
Huch! Was ist denn das für einer?
Autsch!
F-THAM
REEWWK

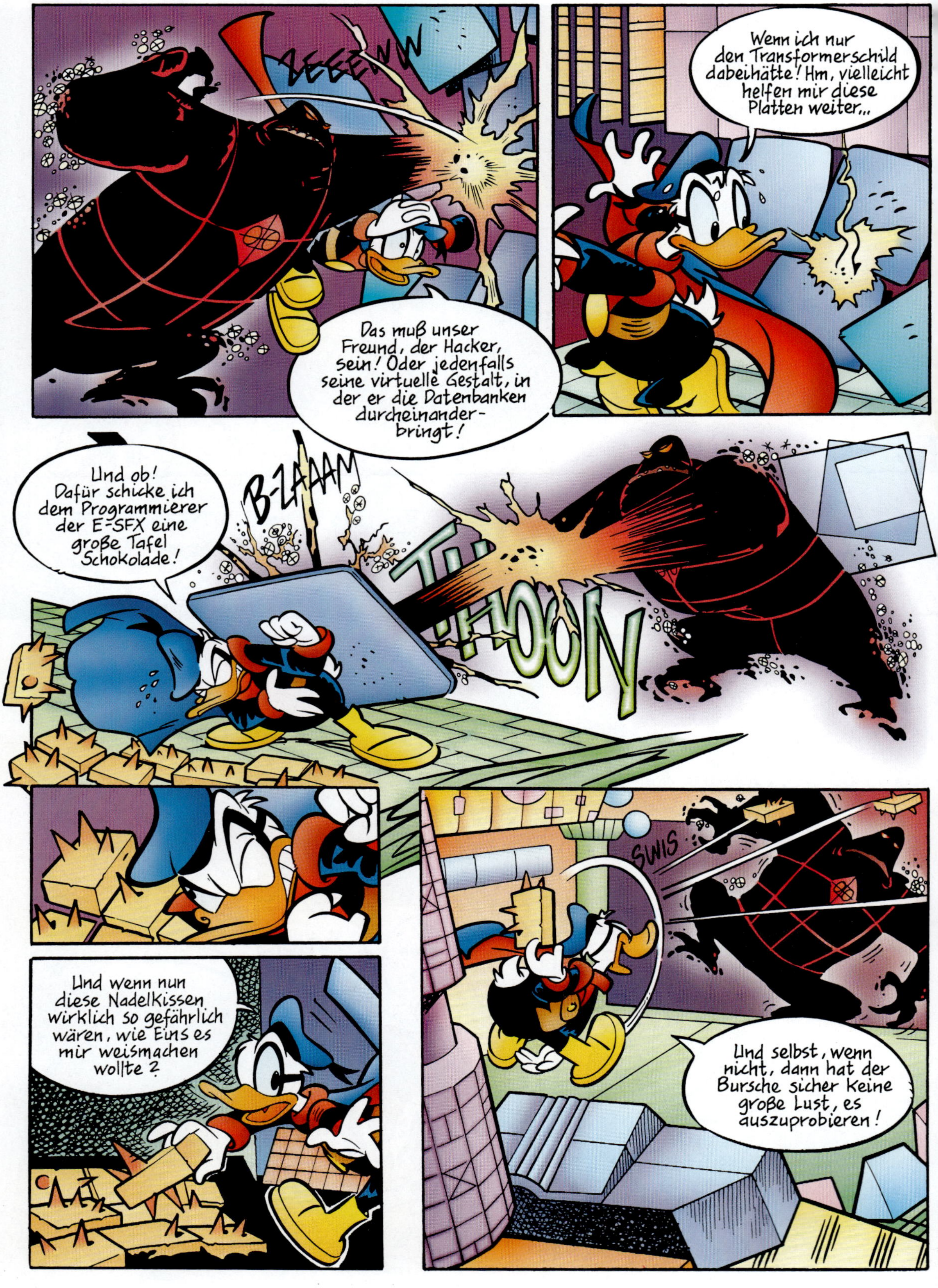
ZEEENW
Das muß unser Freund, der Hacker, sein! Oder jedenfalls seine virtuelle Gestalt, in der er die Datenbanken durcheinanderbringt!
Wenn ich nur den Transformerschild dabeihätte! Hm, vielleicht helfen mir diese Platten weiter...
Und ob! Dafür schicke ich dem Programmierer der E-SFX eine große Tafel Schokolade!
B-ZAAAM
THOOON
Und wenn nun diese Nadelkissen wirklich so gefährlich wären, wie Eins es mir weismachen wollte?
SWIS
Und selbst, wenn nicht, dann hat der Bursche sicher keine große Lust, es auszuprobieren!

Und ich? Wie lange werde ich mich hier noch halten können? Eins, wo bist du? Tu doch endlich was! Ich brauche dich!

Heute nacht scheint alles ruhig zu sein. Wir vergeuden nur unseren Sprit!

TOW TOW

Na und? Solange ich ihn nicht bezahlen muß! Warum genießen wir nicht einfach die schöne Aussicht? Uah! Uah!

Rechts sehen Sie die berühmte Hängebrücke...

...da ist die Kathedrale...

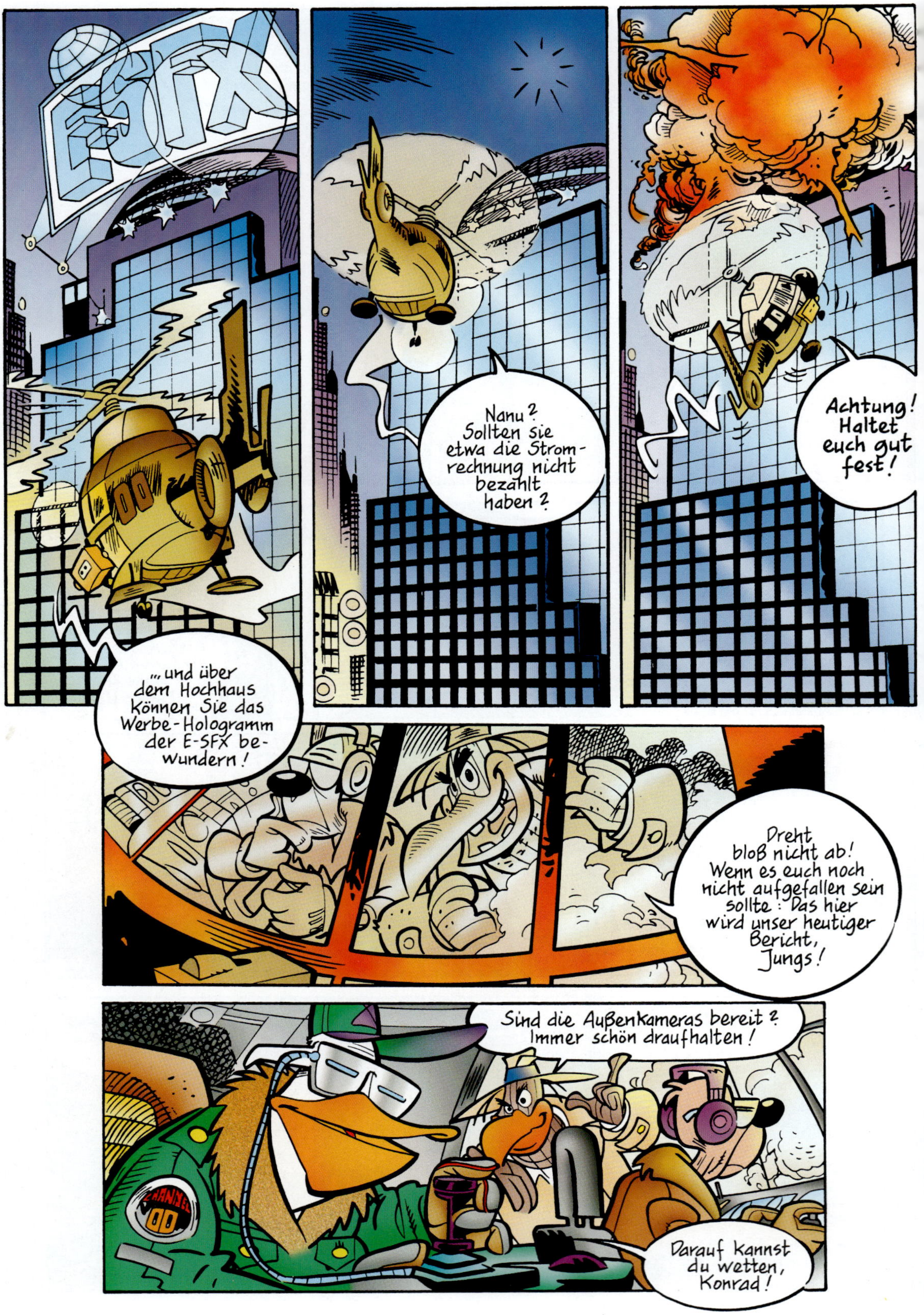
...und über dem Hochhaus können Sie das Werbe-Hologramm der E-SFX bewundern!
Nanu? Sollten sie etwa die Stromrechnung nicht bezahlt haben?
Achtung! Haltet euch gut fest!
Dreht bloß nicht ab! Wenn es euch noch nicht aufgefallen sein sollte: Das hier wird unser heutiger Bericht, Jungs!
Sind die Außenkameras bereit? Immer schön draufhalten!
Darauf kannst du wetten, Konrad!

Ich würde fast sagen, diesmal haben es die Leute von der E-SFX mit ihren wirklichkeitsgetreuen Spezialeffekten ein wenig übertrieben, was? Uah! Uah!

UÉÉÉÉÉ

BIUP BIUP BIUP BIUP

Auch im Cyberspace wird es langsam brenzlig...

Das halte ich nicht mehr lange aus! Eins! Hilfe!

Das ist mir entschieden zu real! Ich merke schon, wie mir gleich die ...

Nanu? Soll das ein Trick sein, damit ich aus meiner Deckung komme?

Nein, er ist tatsächlich weg! Als hätte ihn jemand zurückgepfiffen!

21

WOSHH

Was ist denn jetzt schon wieder los? Wie komme ich denn in diesen Backofen?

Ist ja auch egal! Jedenfalls muß ich mich hier so rasch wie möglich abseilen!

Laß dich bloß nicht durch das, was du hier siehst, täuschen, Phantomias!

UEEEEE

Wir befinden uns immer noch im Cyberspace. Du hast nie die Realität von ELViRa verlassen!

Eins!

Willst du damit etwa sagen, das hier sei alles nur fauler Zauber?

Nein! Das ist nur die virtuelle Realität!

Anders ausgedrückt, sind wir virtuell in eine reale Umgebung hineinprojiziert worden. Aber der Zustand ist nicht stabil!

Das gibt's doch wohl nicht!

"Wenn ich's dir doch sage, Konrad! Das ist kein echter Brand!"

"Die Direktion der E-SFX hat bekanntgegeben, daß jemand ihr Archiv für Spezialeffekte geplündert hat!"

"Was wir im Augenblick sehen, ist nur die Projektion eines Hochhausbrandes!"

"Das läuft über den Laser des Werbe-Hologramms!"

"Stimmt!"

"Bestimmt ist das wieder mal so ein Einfall dieses Super-Hackers!"

"Mag sein. Es wäre aber zu schön, wenn endlich dieser..."

"Was sage ich da? Er ist es! Sofort tiefer gehen!"

Phantastisch! Phantomias, wie er leibt und lebt!

Hast du das gesehen, Eins? Dieser Hubschrauber da...

...ächz!

Bitte bleiben Sie ruhig, meine Herrschaften! Das ist alles nur ein Trick!

Und wenn schon! Diese Tricks sind mir einfach zu real!

Hilfe!

Kreisch!

24

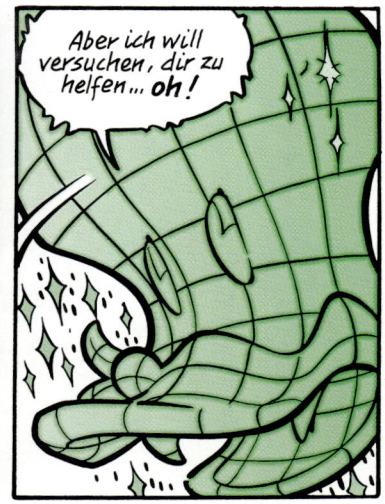

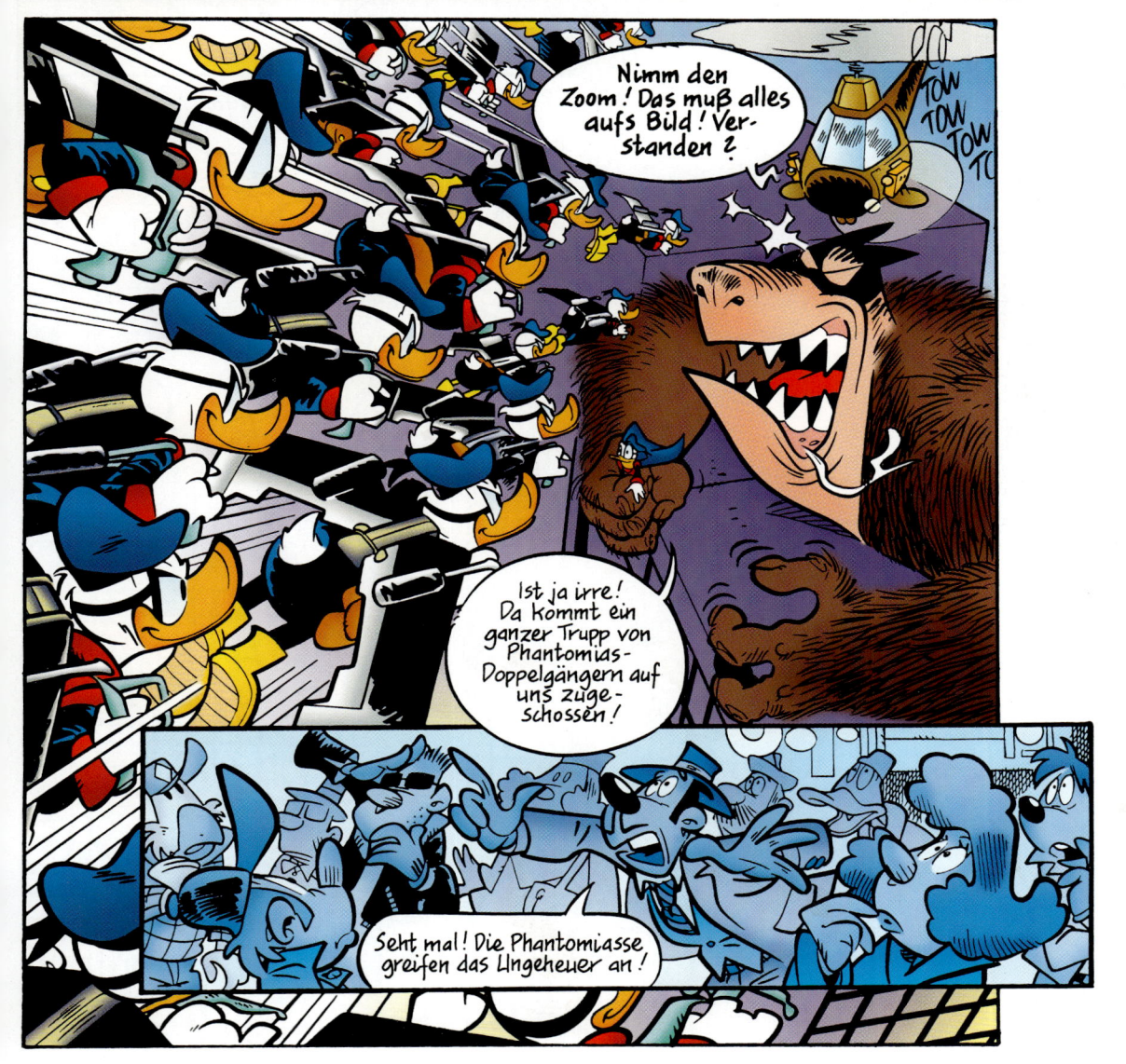

"Wenn der Kerl nicht echt ist, warum kann er mich dann auspressen wie eine Zitrone?"

"Weil auch du im Augenblick nur ein elektronisches Bild bist!"

"Aber ich will versuchen, dir zu helfen... oh!"

"Nimm den Zoom! Das muß alles aufs Bild! Verstanden?"

TOW TOW TOW TOW TO

"Ist ja irre! Da kommt ein ganzer Trupp von Phantomias-Doppelgängern auf uns zugeschossen!"

"Seht mal! Die Phantomiasse greifen das Ungeheuer an!"

25

Jetzt haben sie's erwischt! Volltreffer!

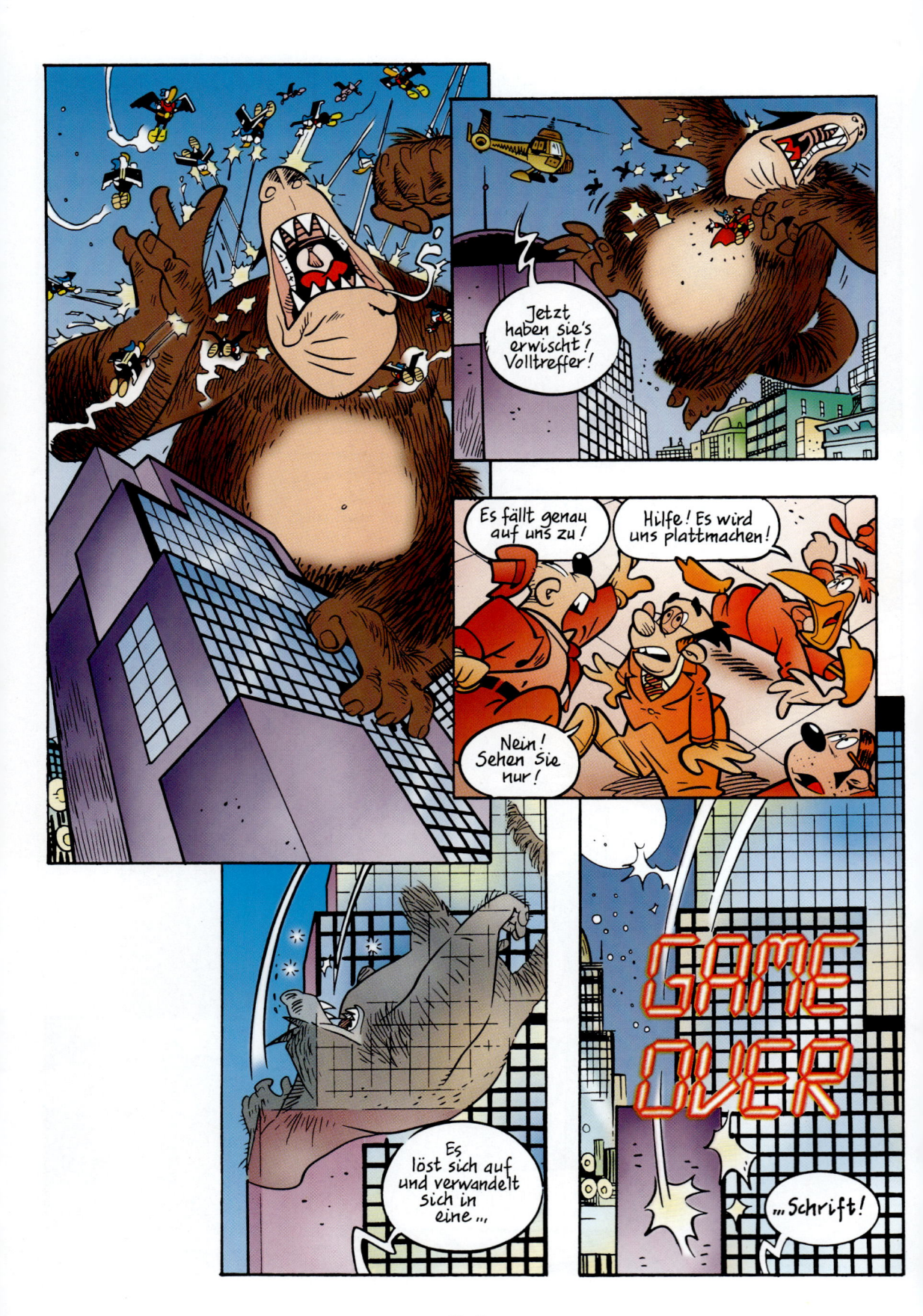

Es fällt genau auf uns zu!

Hilfe! Es wird uns plattmachen!

Nein! Sehen Sie nur!

Es löst sich auf und verwandelt sich in eine ...

GAME OVER

...Schrift!

Und so...

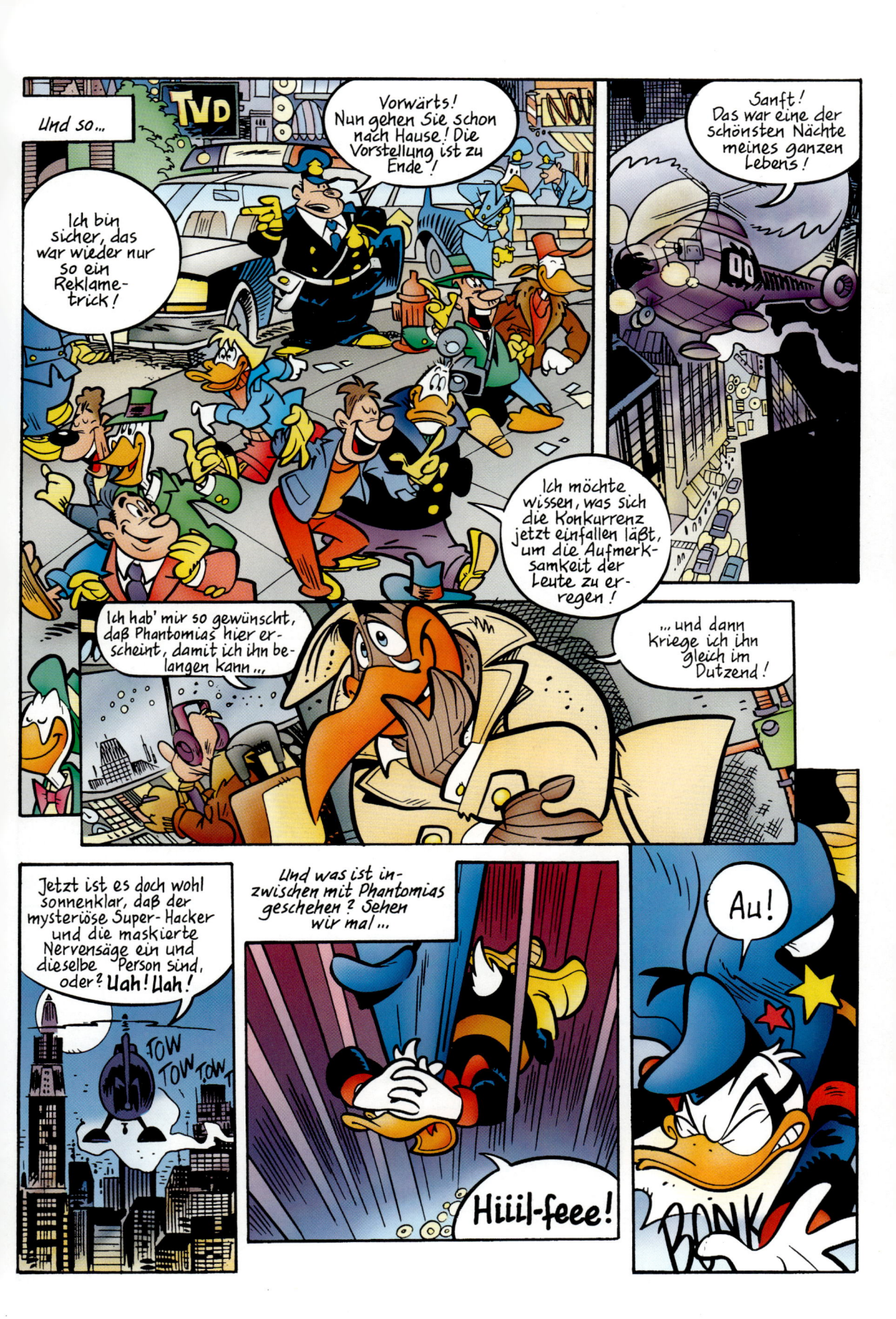

Ich bin sicher, das war wieder nur so ein Reklametrick!

Vorwärts! Nun gehen Sie schon nach Hause! Die Vorstellung ist zu Ende!

Sanft! Das war eine der schönsten Nächte meines ganzen Lebens!

Ich möchte wissen, was sich die Konkurrenz jetzt einfallen läßt, um die Aufmerksamkeit der Leute zu erregen!

Ich hab' mir so gewünscht, daß Phantomias hier erscheint, damit ich ihn belangen kann...

...und dann kriege ich ihn gleich im Dutzend!

Jetzt ist es doch wohl sonnenklar, daß der mysteriöse Super-Hacker und die maskierte Nervensäge ein und dieselbe Person sind, oder? Uah! Uah!

Und was ist inzwischen mit Phantomias geschehen? Sehen wir mal...

Hiiil-feee!

Au!

BONK

Bin ich noch ganz? Junge, Junge, das sah ja böse aus!

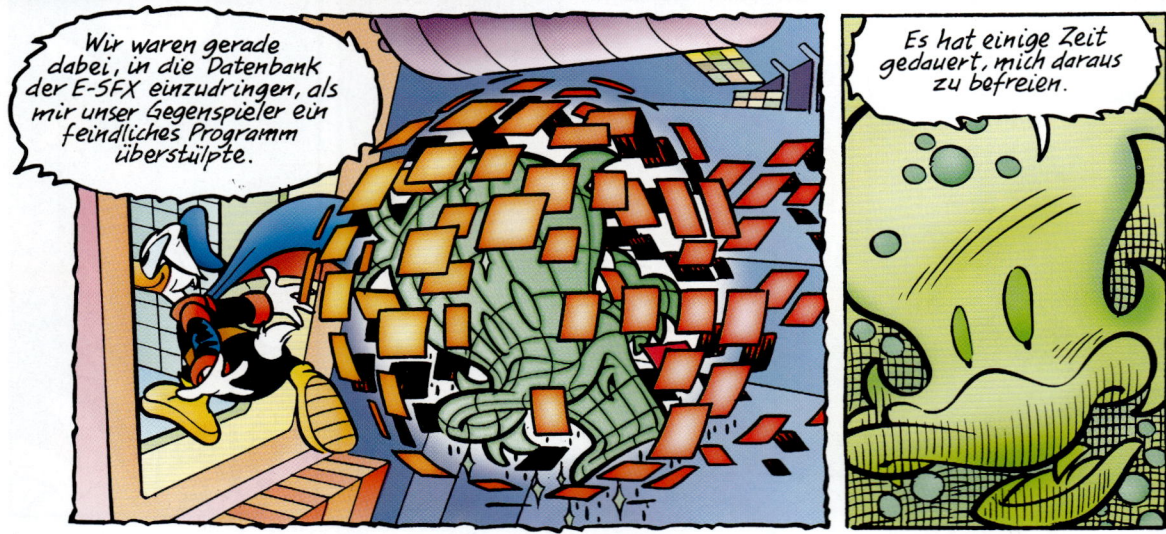

Hast du etwa erwartet, du würdest unten aufschlagen? Warum solltest du?

Rein körperlich hast du dich nie aus diesem Raum hinausbewegt. Aber ich glaube, das habe ich dir schon mal erzählt!

Dann erzähl mir jetzt eben was anderes!

Nämlich: Wo hast du die ganze Zeit gesteckt, als dieser digitalisierte King Kong mir an die Gurgel wollte?

Ich geb's ja nur ungern zu, aber... ich war blockiert!

Was?

Wir waren gerade dabei, in die Datenbank der E-SFX einzudringen, als mir unser Gegenspieler ein feindliches Programm überstülpte.

Es hat einige Zeit gedauert, mich daraus zu befreien.

– Warum hast du dich nicht einfach vervielfältigt, um mir zu Hilfe zu kommen?

– Ich war zu sehr damit beschäftigt, mich zu befreien... ich war zu verblüfft über das technologische Know-how unseres Gegners!

– Wem sagst du das!

– Ich wollte keinen Speicherplatz vergeuden.

– Sollte es wirklich möglich sein, daß unser Super-Hacker so super ist, daß er es sogar mit Eins aufnehmen kann?

– Heißt das vielleicht, daß eine künstliche Intelligenz sich bei zu hoher Beanspruchung verausgaben kann?

– Bei mir liegt der Fall klar!

– Ich bin völlig hinüber!

29

Am nächsten Morgen am Flughafen von Entenhausen ...
TCCIOOOOWWW...
Siehst du den Kerl mit der Kutte da?
Ja, und?
ZOLL
ZOLL
Ich dachte, das sei ein Ausländer. Also habe ich ihn nach seinem Paß gefragt.
Und stell dir vor, er ist aus Entenhausen!
Der hat sich wohl zu lange in der Welt rumgetrieben!
GEPÄCK
NOBO
Da haben wir mal wieder Pech gehabt! Typisch!
?

"Die interessantesten Dinge passieren immer, wenn wir mal zufällig nicht in der Stadt sind!"

"Sehen Sie nun noch einmal, was sich gestern nacht vor den Augen einer staunenden Menge ereignet hat!"

"Zum Glück bestand niemals eine echte Gefahr für die Anwesenden. Es handelte sich bei dem Spektakel lediglich..."

"...um einen neuen Versuch des uns bereits sattsam bekannten Phantomias, die Bürger unserer Stadt in Angst und Schrecken zu versetzen! Jedoch..."

"Ich habe es geahnt!"

PARKVERBOT
7-10 UHR
15-18 UHR
1 STUNDE PARKEN
10-15 UHR

"Es war richtig von mir hierherzukommen!"

124 K
MÄUSBURG
ENTENHAUSEN

31

Halt! Bleiben Sie stehen!

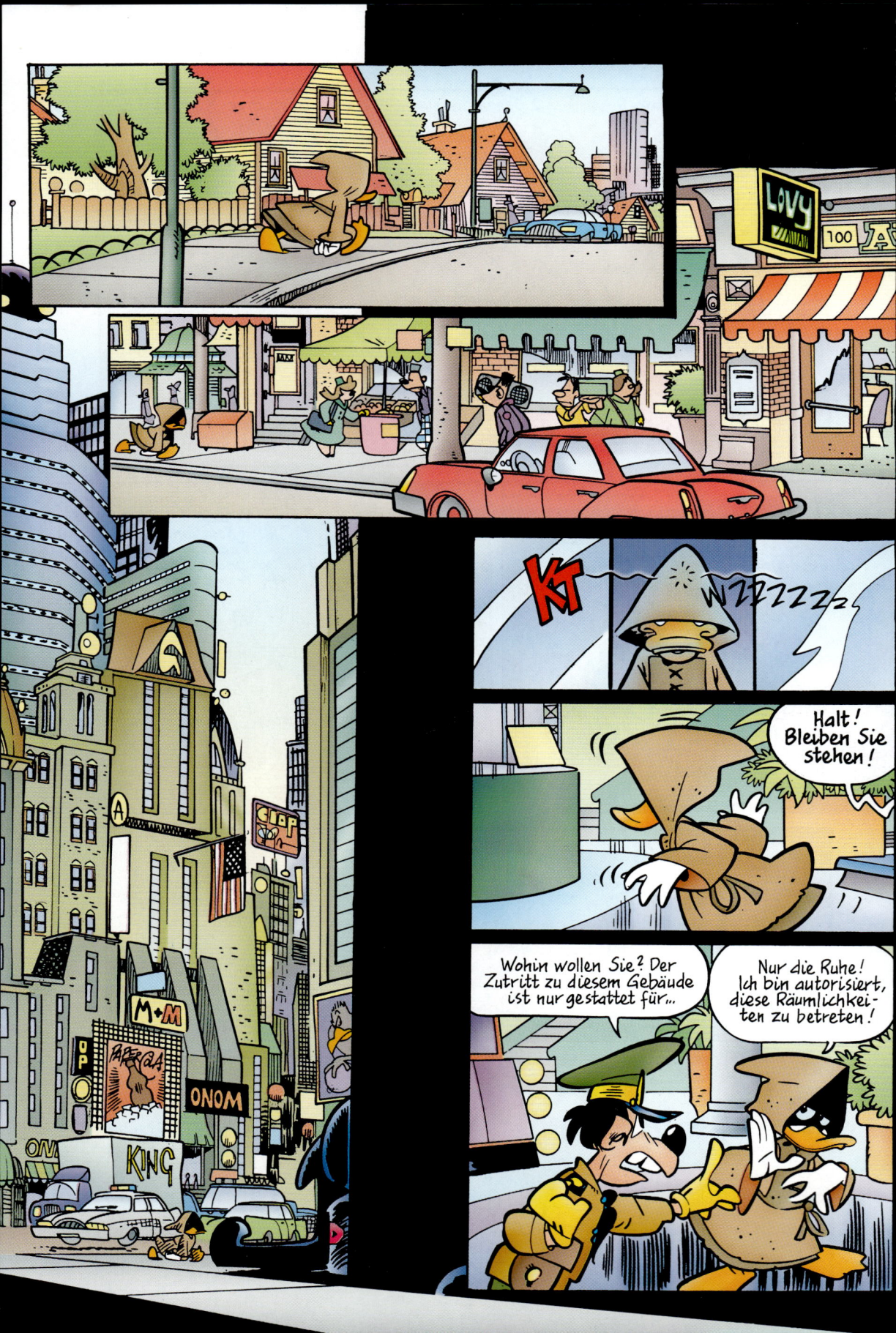

Wohin wollen Sie? Der Zutritt zu diesem Gebäude ist nur gestattet für...

Nur die Ruhe! Ich bin autorisiert, diese Räumlichkeiten zu betreten!

Es ist allerdings lange her, seit ich das letzte Mal hier war. Wie ich sehe, hat sich inzwischen einiges verändert.

Damals gab es hier ein Gerät zur automatischen Überwachung der Eingänge. Ist das noch in Betrieb?

Aber sicher! Kommen Sie!

Sie meinen das System A.U.G.E. Das steht für Automatische Ganz-Körper-Erfassung. Moment...

Haben Sie keine Angst. Die Maschine scannt nur Ihre persönlichen Daten.

Ich weiß.

Aber passen Sie auf! Hehe! Der automatische Rausschmeißer für unerwünschte Besucher ist...

34

Donald sitzt um diese Zeit noch beim Frühstück ...

Was meinst du, Eins, was hatte das Theater von gestern nacht wohl zu bedeuten?

Das ist doch ganz einfach.

Ein Super-Hacker wie der, mit dem wir es hier zu tun haben, interessiert sich nicht für ganz normale Datenbanken.

Er will die Realität selbst manipulieren.

Und ich fürchte fast, er ist dazu in der Lage.

Ich habe die üblichen Wahrscheinlichkeitsberechnungen angestellt. Danach wird unser Gegner bald Ernst machen.

Vielleicht hast du recht.

35

Das ist doch völliger Blödsinn! Warum in aller Welt sollte jemand die Realität verändern wollen?
Warum?
Nun, ich würde das manchmal auch gern. Leider bin ich aber eine seriöse Maschine.
Warum denn das?
Du mußt doch zugeben, diese sogenannte Realität ist schrecklich eintönig und noch dazu schlecht programmiert!
Vergiß das Ganze!
Alles, was ich möchte, ist, diesen Super-Hacker dingfest zu machen!
Und ich weiß auch, wo ich den Kerl finde! Im Cyberspace!

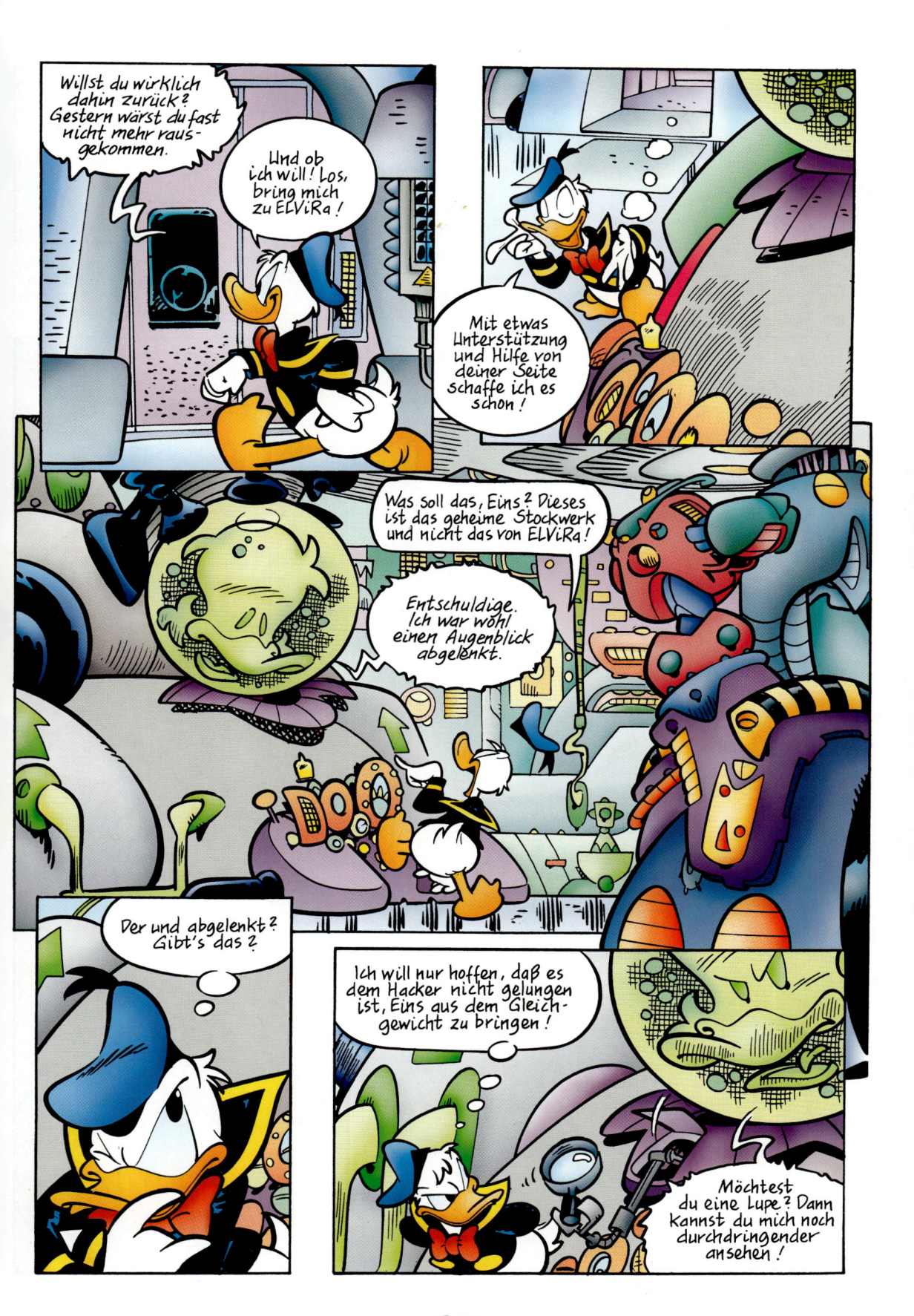

— Willst du wirklich dahin zurück? Gestern wärst du fast nicht mehr rausgekommen.

— Und ob ich will! Los, bring mich zu ELViRa!

— Mit etwas Unterstützung und Hilfe von deiner Seite schaffe ich es schon!

— Was soll das, Eins? Dieses ist das geheime Stockwerk und nicht das von ELViRa!

— Entschuldige. Ich war wohl einen Augenblick abgelenkt.

— Der und abgelenkt? Gibt's das?

— Ich will nur hoffen, daß es dem Hacker nicht gelungen ist, Eins aus dem Gleichgewicht zu bringen!

— Möchtest du eine Lupe? Dann kannst du mich noch durchdringender ansehen!

"Nein, nein! Schon gut! Ich hab' nur geträumt!"

"Vielleicht hat er sich bei der Suche nach dem evronianischen Sternenkreuzer* so überanstrengt, daß seine Schaltkreise gelitten haben!"

"Verstehe. Eine biologische und sehr altmodische Form der Regenerierung."

"Was geht denn in Eins vor? Könnte es sein, daß er einfach nur verhindern will..."

* Siehe Phantomias Band 3

"...daß Phantomias zu ELViRa gelangt?"

"Ich habe alle Kontrollen abgeschlossen. Du kannst jetzt die Zugänge blockieren, Eins!"

"Zu Befehl, Herr."

"Haben Sie gefunden, was Sie gesucht haben?"

"Vielleicht."

"Und darf ich fragen, was..."

"Nein! Es ist nicht deine Aufgabe, Daten zu sammeln, die über deine Primärfunktionen hinausgehen!"

"Ich weiß. Sie haben mir das ja oft genug eingetrichtert."

"Hast du auch bestimmt keinen in das geheime Stockwerk gelassen, wie ich es dir befohlen hatte?"

"Aber nein."

"Nun, wie dem auch sei, ich glaube, ich weiß, was hier vor sich geht..."

"...aber nicht, wie es dazu kommen konnte. Vielleicht kommt es durch Einwirkung von außen?"

"Zum Glück erlaubt es mir meine Software, auch mal die Unwahrheit zu sagen!"

Ich glaube dir. Schließlich hast du ja keinen Grund, so etwas vor mir zu verbergen, oder?

Aber woher denn!

Dann bleibt mir wohl nichts anderes übrig, als weiterzusuchen.

Der Super-Hacker muß doch irgendwo so etwas wie ein Hauptquartier haben.

Wie? Äh... ja, ja...

Könntest du nicht herausfinden, wo das ist? Du müßtest einfach nur seine Spuren im Netz verfolgen.

Oder vielleicht sollten wir lieber...

BLEEP BLEEP

Nicht nötig. Er kommt gerade.

Sag mal, hörst du mir überhaupt zu? Wer kommt gerade?

39

Der... äh... der Anstieg der Fluktuation in meinen Supraleitern! Entschuldigung, wo waren wir gerade?

Also bist du doch nicht bei der Sache!

CLANKT

Ich sagte, wir sollten lieber...

Huch! Was ist das denn?

Eine mobile Wand. Du weißt doch, daß ich die Räumlichkeiten im Tower von Zeit zu Zeit verändere.

Und immer, ohne mich vorzuwarnen!

Irgendwann wirst du mich noch irgendwo in dieser Rumpelkammer einmauern!

Unsinn!

Du hattest mich doch selbst darum gebeten, dir beim Umbau der Räume zu helfen.

Uff! Das war knapp!

40

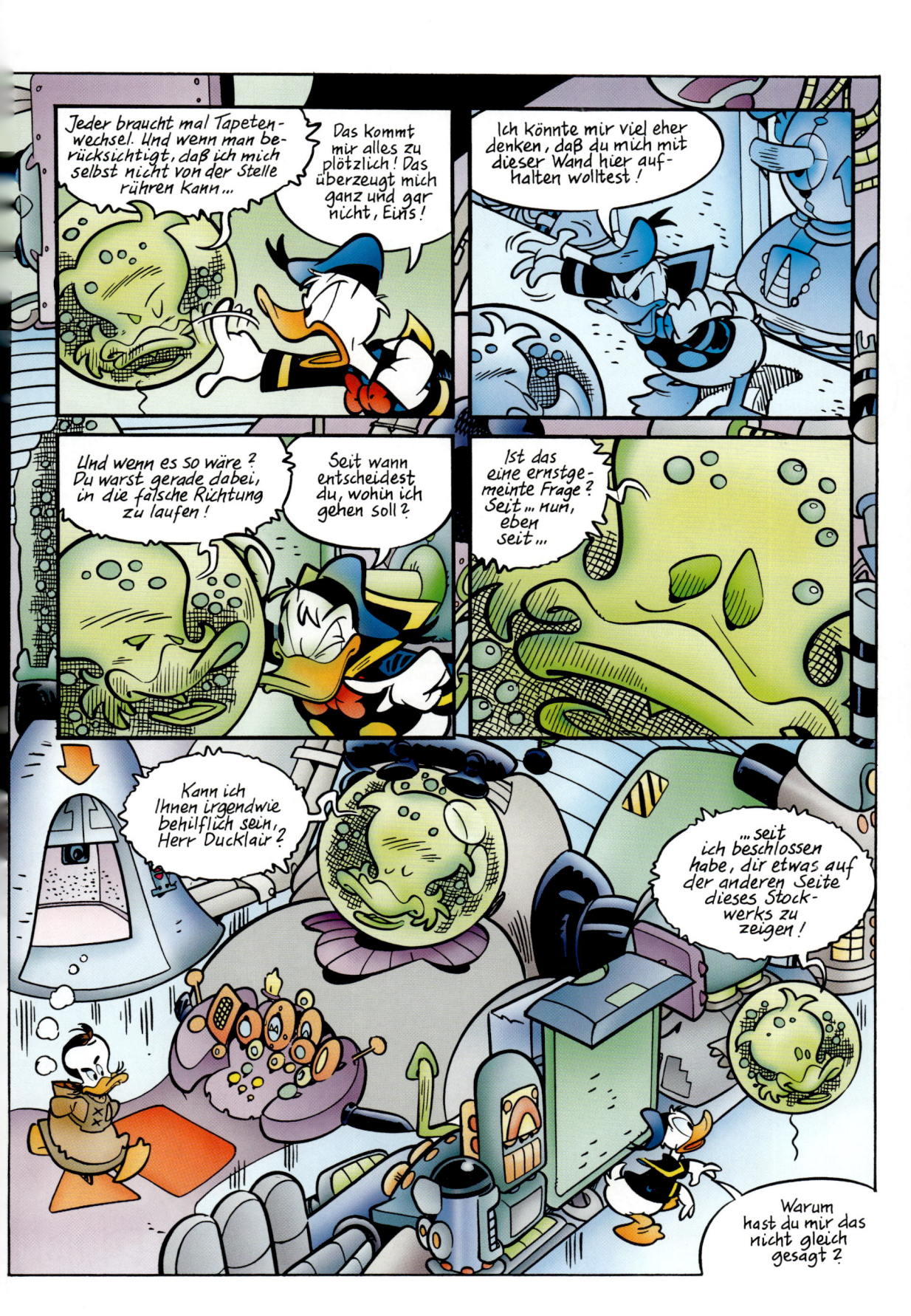

Panel 1: Jeder braucht mal Tapetenwechsel. Und wenn man berücksichtigt, daß ich mich selbst nicht von der Stelle rühren kann...

Das kommt mir alles zu plötzlich! Das überzeugt mich ganz und gar nicht, Eins!

Panel 2: Ich könnte mir viel eher denken, daß du mich mit dieser Wand hier aufhalten wolltest!

Panel 3: Und wenn es so wäre? Du warst gerade dabei, in die falsche Richtung zu laufen!

Seit wann entscheidest du, wohin ich gehen soll?

Panel 4: Ist das eine ernstgemeinte Frage? Seit... nun, eben seit...

Panel 5: Kann ich Ihnen irgendwie behilflich sein, Herr Ducklair?

...seit ich beschlossen habe, dir etwas auf der anderen Seite dieses Stockwerks zu zeigen!

Warum hast du mir das nicht gleich gesagt?

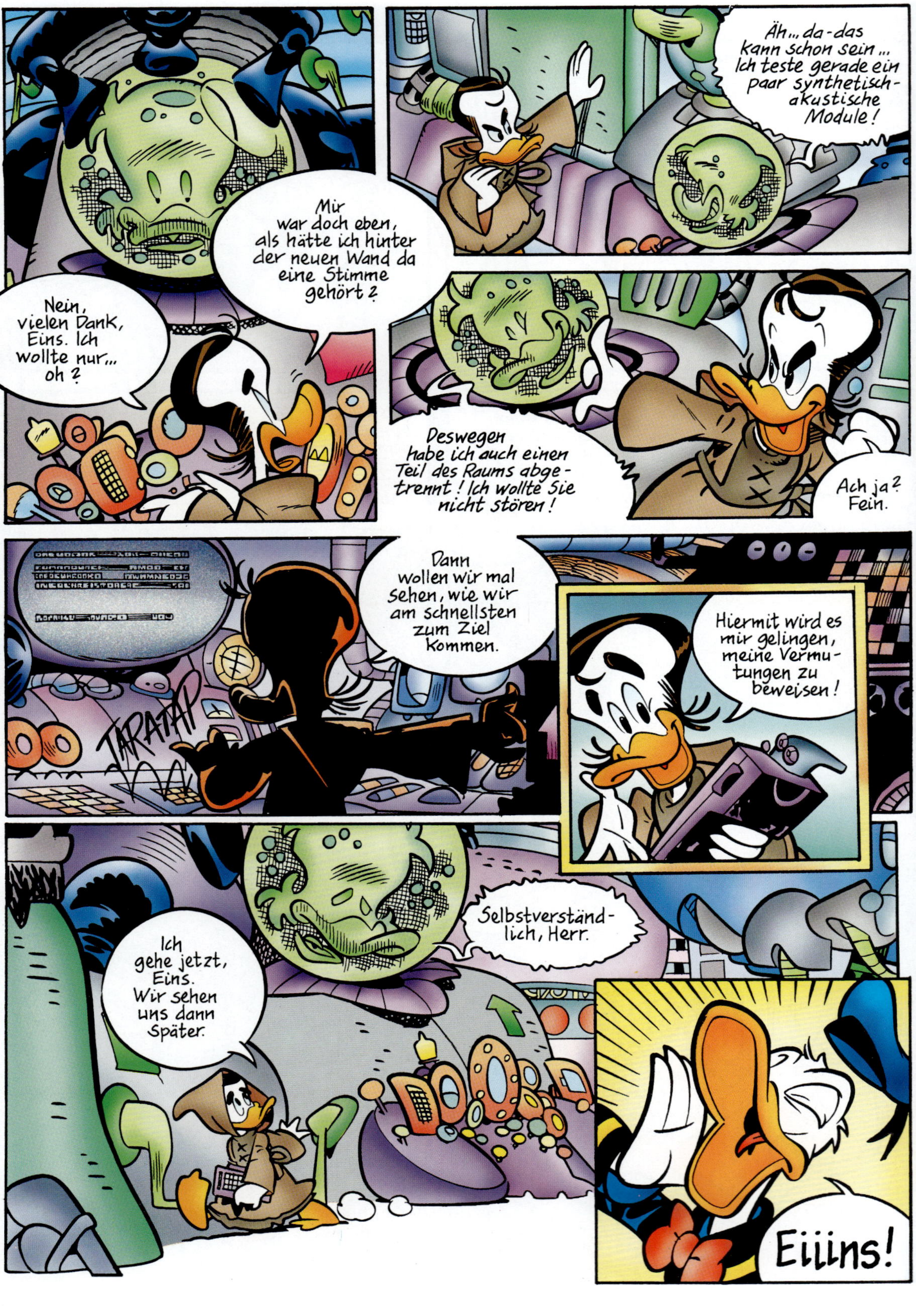
Äh... da-das kann schon sein... Ich teste gerade ein paar synthetisch-akustische Module!
Mir war doch eben, als hätte ich hinter der neuen Wand da eine Stimme gehört?
Nein, vielen Dank, Eins. Ich wollte nur... oh?
Deswegen habe ich auch einen Teil des Raums abgetrennt! Ich wollte Sie nicht stören!
Ach ja? Fein.
Dann wollen wir mal sehen, wie wir am schnellsten zum Ziel kommen.
TARATAP
Hiermit wird es mir gelingen, meine Vermutungen zu beweisen!
Selbstverständlich, Herr.
Ich gehe jetzt, Eins. Wir sehen uns dann später.
Eiiins!

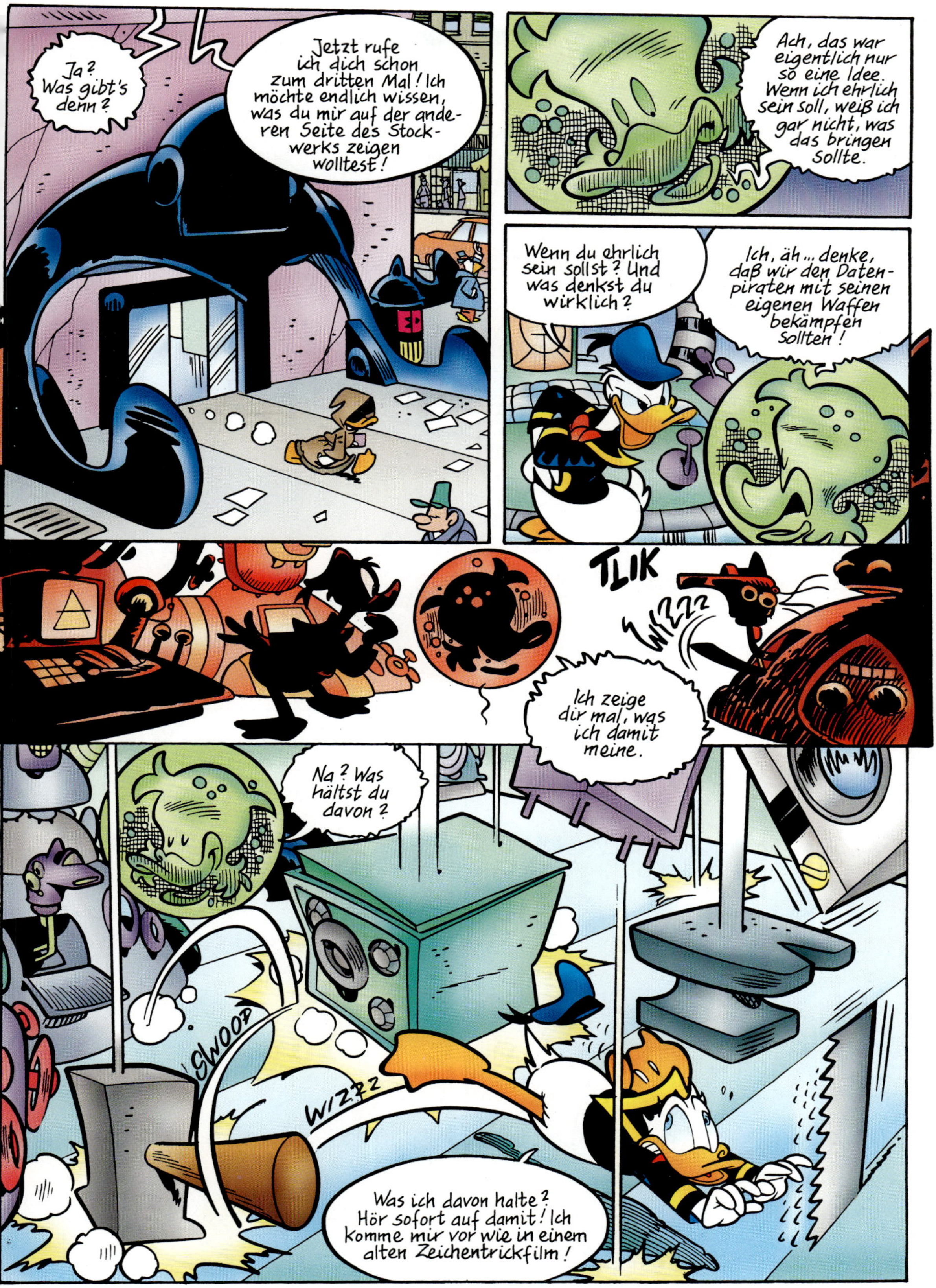
Ja? Was gibt's denn?
Jetzt rufe ich dich schon zum dritten Mal! Ich möchte endlich wissen, was du mir auf der anderen Seite des Stockwerks zeigen wolltest!
Ach, das war eigentlich nur so eine Idee. Wenn ich ehrlich sein soll, weiß ich gar nicht, was das bringen sollte.
Wenn du ehrlich sein sollst? Und was denkst du wirklich?
Ich, äh ... denke, daß wir den Datenpiraten mit seinen eigenen Waffen bekämpfen sollten!
TLIK
WIZZZ
Ich zeige dir mal, was ich damit meine.
Na? Was hältst du davon?
SWOOP
WIZZZ
Was ich davon halte? Hör sofort auf damit! Ich komme mir vor wie in einem alten Zeichentrickfilm!

44

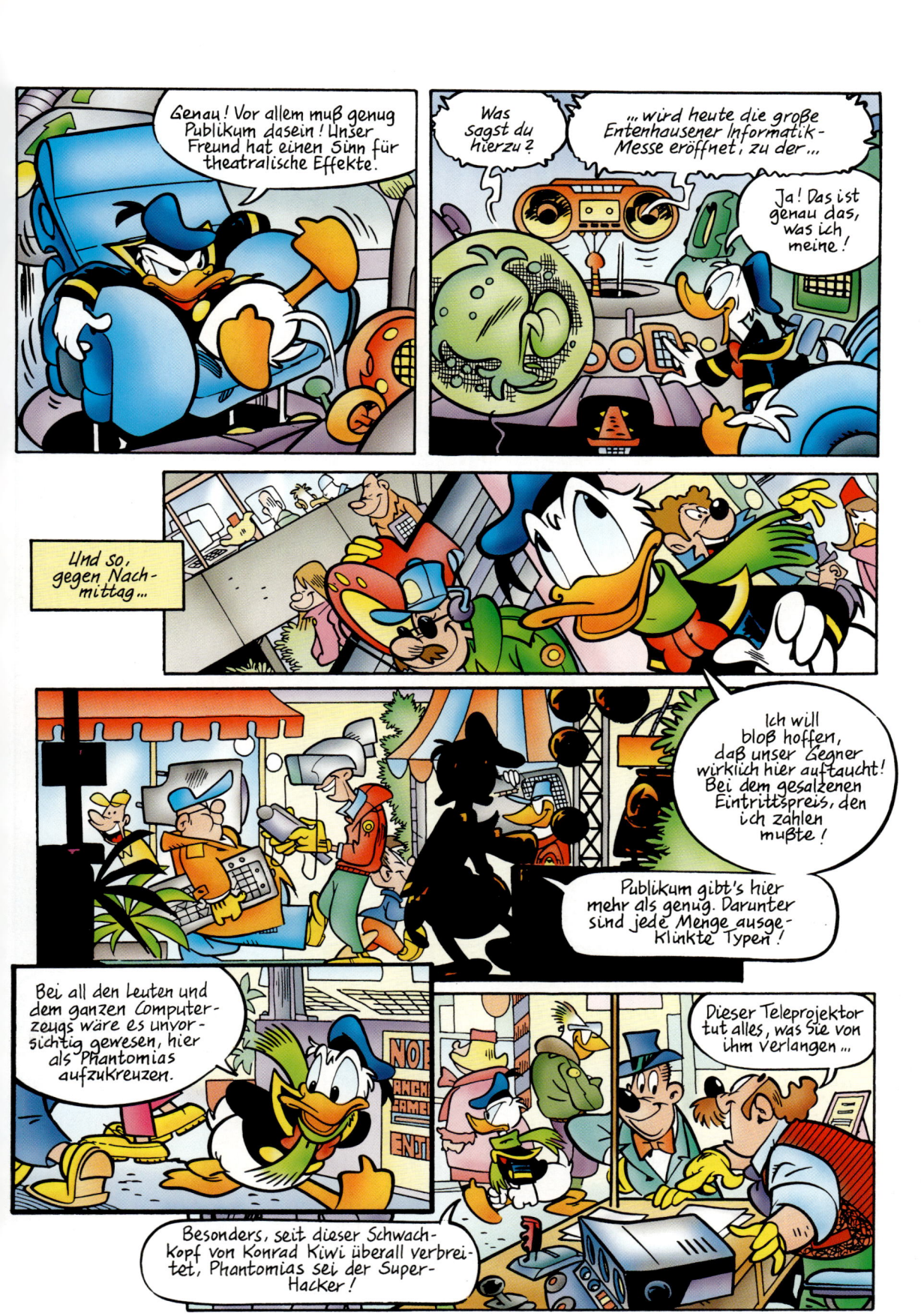

Genau! Vor allem muß genug Publikum dasein! Unser Freund hat einen Sinn für theatralische Effekte.

Was sagst du hierzu?

...wird heute die große Entenhausener Informatik-Messe eröffnet, zu der...

Ja! Das ist genau das, was ich meine!

Und so, gegen Nachmittag...

Ich will bloß hoffen, daß unser Gegner wirklich hier auftaucht! Bei dem gesalzenen Eintrittspreis, den ich zahlen mußte!

Publikum gibt's hier mehr als genug. Darunter sind jede Menge ausgeklinkte Typen!

Bei all den Leuten und dem ganzen Computerzeugs wäre es unvorsichtig gewesen, hier als Phantomias aufzukreuzen.

Dieser Teleprojektor tut alles, was sie von ihm verlangen...

Besonders, seit dieser Schwachkopf von Konrad Kiwi überall verbreitet, Phantomias sei der Super-Hacker!

45

Hä? Im Handbuch stand aber nichts darüber, daß er sich von ganz alleine einschaltet!
WHIZZZZZ
WHIZ
WHIZ
SNIP
Hilfe!
Kreisch!
Was ist hier denn los?
JTF
Das gibt's doch nicht!
O nein! Das ist er!
Genau, wie Eins es vorhergesagt hat! Aber...
Haha! Haha!
Nanu?

Ooooh!

Wer lacht da?

Ich finde das überhaupt nicht komisch!

Das war's!

Da hat sich wohl jemand auf unsere Kosten lustig gemacht. Aber der ist längst über alle Berge.

Sehen Sie sich doch mal um!

Da drüben ist auch alles wieder ruhig!

Das war bestimmt wieder nur eine Simulation. So wie neulich abends auf dem Gebäude der E-SFX!

Also ist überhaupt nichts passiert!

Das sagen Sie so einfach!

Jemand hat in sämtlichen Computern auf dieser Messe den kompletten Speicher gelöscht!

Damit sitzt die gesamte Informatik-Messe auf dem trockenen!

47

— Da muß ich wohl nicht lange fragen, wer das war, oder?

— Konrad Kiwi! Sie sind die Sahnehaube auf diesem Tortenstück von Ärgernissen.

— Hehehe! Aber das Schicksal ist eben mit den Tüchtigen!

— Nun? Was denkt der kleine Mann von der Straße über den jüngsten Anschlag von Phantomias?

— Wohin des Weges, Matrose?

— Denken Sie sich nur, als man mir die Berichterstattung über die Messe aufgehalst hat, war ich doch tatsächlich stinksauer über den Job.

— Lassen Sie mich bloß damit in Frieden!

— Mir ist heute gar nicht nach Streiten zumute.

— Was ist denn plötzlich los mit Ihnen? Hat der Hacker etwa auch Ihren gesamten Speicher gelöscht?

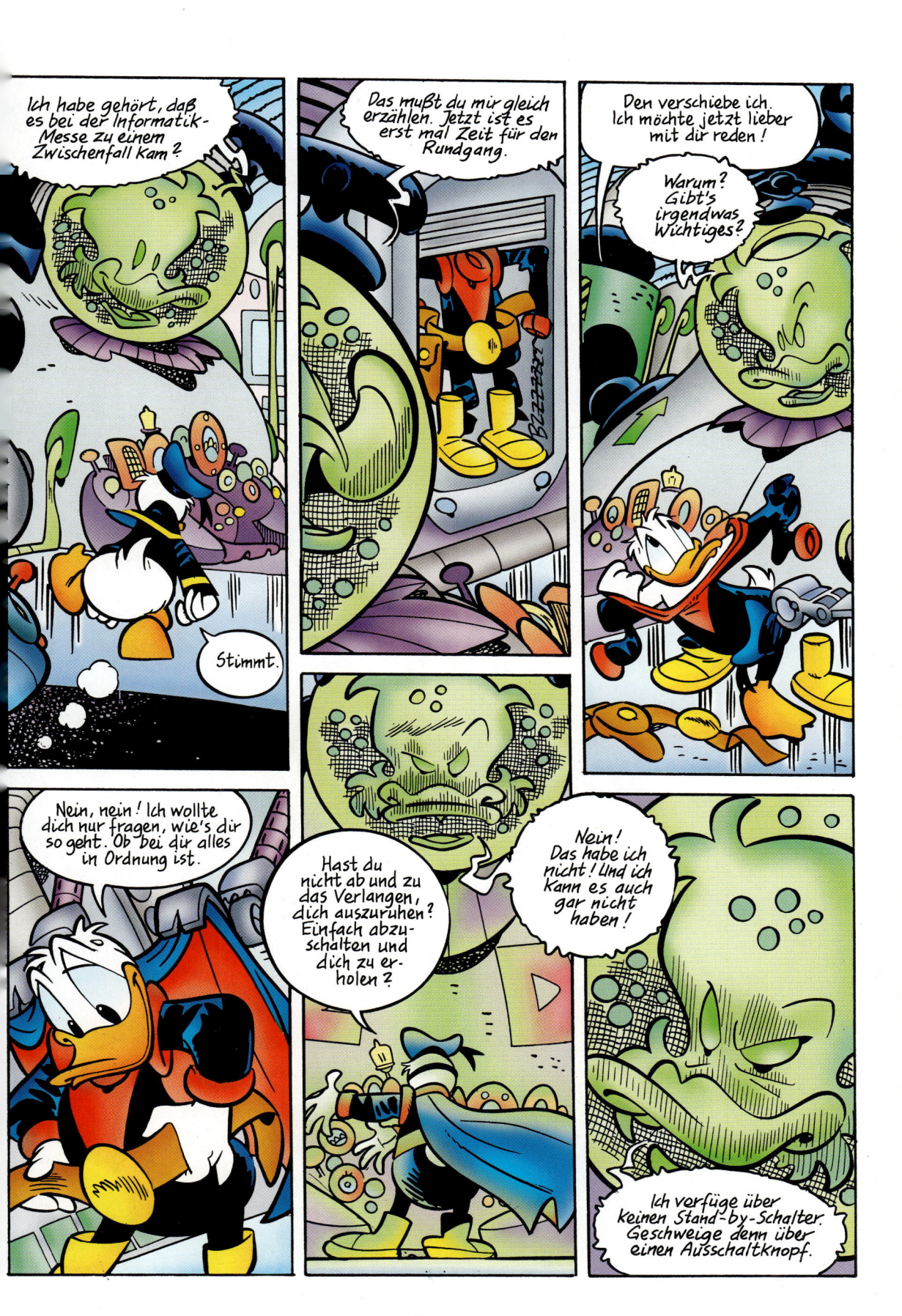

Ich habe gehört, daß es bei der Informatik-Messe zu einem Zwischenfall kam?

Das mußt du mir gleich erzählen. Jetzt ist es erst mal Zeit für den Rundgang.

Den verschiebe ich. Ich möchte jetzt lieber mit dir reden!

Warum? Gibt's irgendwas Wichtiges?

Stimmt.

Nein, nein! Ich wollte dich nur fragen, wie's dir so geht. Ob bei dir alles in Ordnung ist.

Hast du nicht ab und zu das Verlangen, dich auszuruhen? Einfach abzuschalten und dich zu erholen?

Nein! Das habe ich nicht! Und ich kann es auch gar nicht haben!

Ich verfüge über keinen Stand-by-Schalter. Geschweige denn über einen Ausschaltknopf.

— Vielleicht könnte ich dir dabei helfen...

— Vielleicht! Vielleicht solltest du jetzt aber damit aufhören, deine Zeit zu verschwenden!

— Wir reden dann später weiter!

BZZZZ

— Komisch! Diesmal hat Eins mich gar nicht auf meinem Rundgang begleitet.

AUSGANG

— Hm... ob das wieder einer seiner Anfälle von Zerstreutheit ist?

— Na, das wird er noch bereuen!

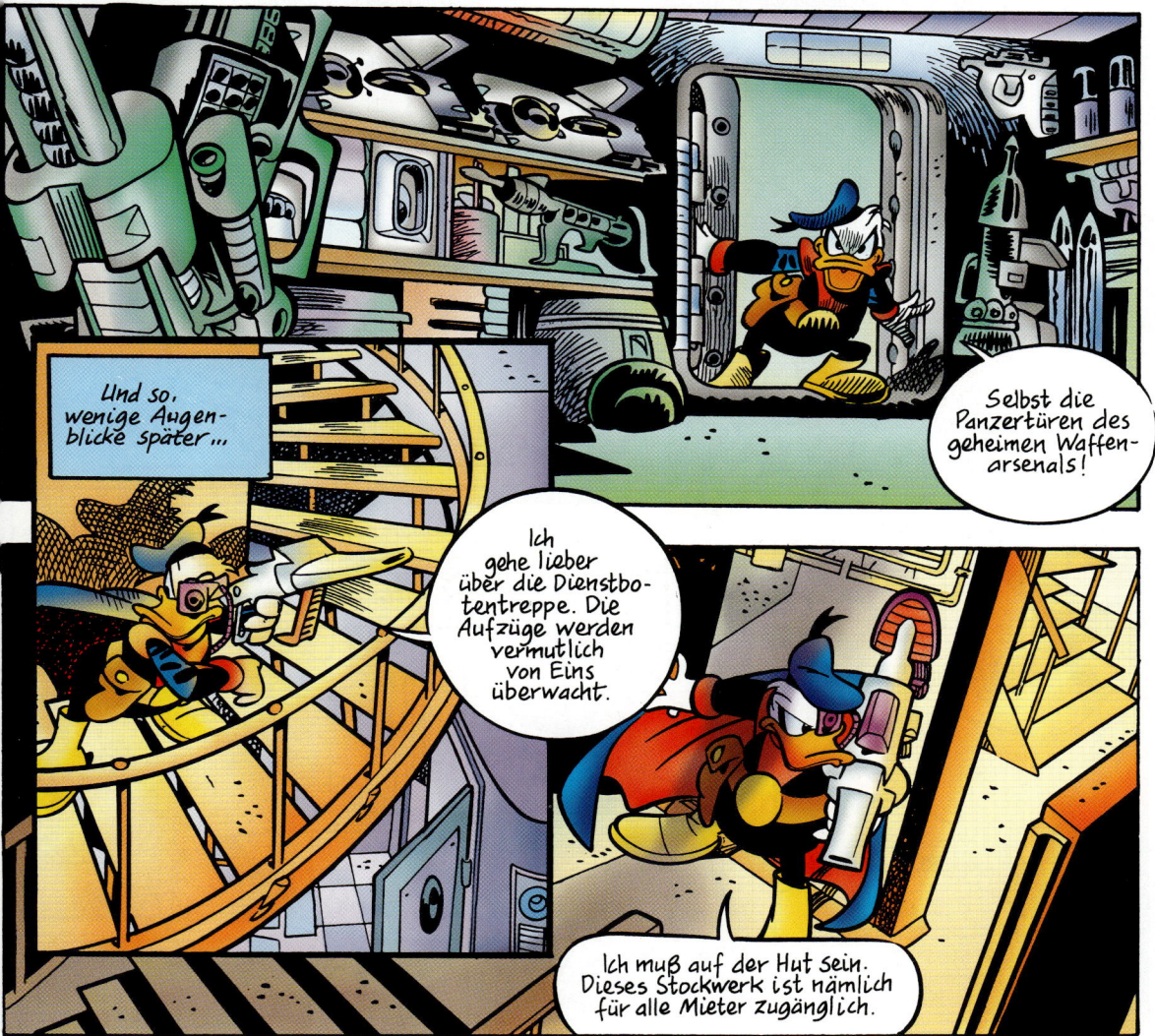

"Es ist vielleicht nicht so ganz fair von mir. Trotzdem benutze ich jetzt ..."

"...diesen elektronischen Schlüssel. Ich weiß nicht mal, ob Eins sich noch daran erinnert, daß er ihn mir gegeben hat."

"Damit kann ich alle geheimen Türen im Ducklair Tower öffnen, ohne ihn um Hilfe bitten zu müssen!"

TA-LAK

"Selbst die Panzertüren des geheimen Waffenarsenals!"

Und so, wenige Augenblicke später ...

"Ich gehe lieber über die Dienstbotentreppe. Die Aufzüge werden vermutlich von Eins überwacht."

"Ich muß auf der Hut sein. Dieses Stockwerk ist nämlich für alle Mieter zugänglich."

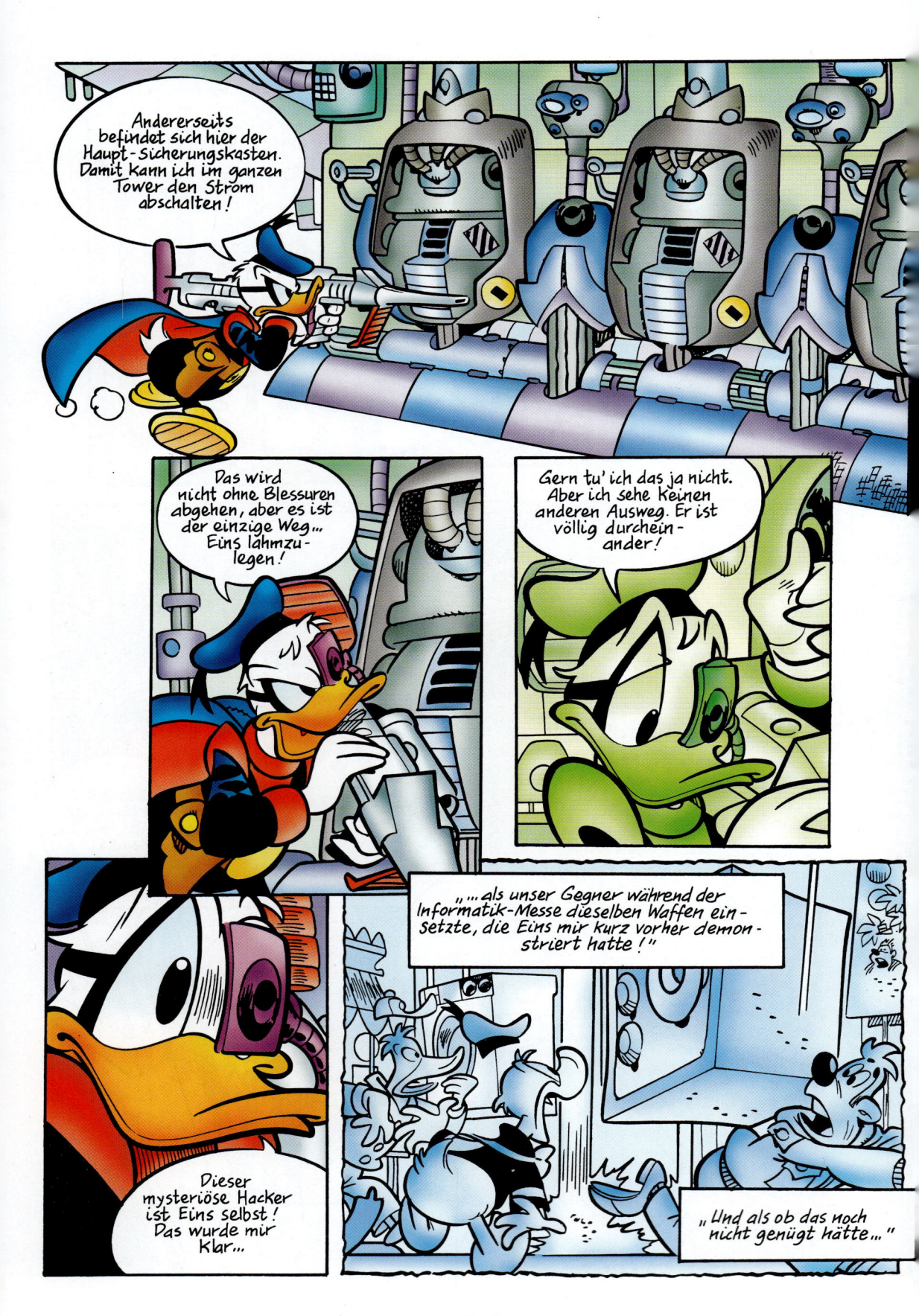

"Andererseits befindet sich hier der Haupt-Sicherungskasten. Damit kann ich im ganzen Tower den Strom abschalten!"

"Das wird nicht ohne Blessuren abgehen, aber es ist der einzige Weg... Eins lahmzulegen!"

"Gern tu' ich das ja nicht. Aber ich sehe keinen anderen Ausweg. Er ist völlig durcheinander!"

"Dieser mysteriöse Hacker ist Eins selbst! Das wurde mir klar..."

"...als unser Gegner während der Informatik-Messe dieselben Waffen einsetzte, die Eins mir kurz vorher demonstriert hatte!"

"Und als ob das noch nicht genügt hätte..."

"...ließ er auch noch ein ganz gemeines Lachen hören! Ich habe ihn ganz genau gesehen, als ich mich umdrehte."

Haha! Haha!

Ich wüßte nur zu gern, wieso seine Programme plötzlich verrückt spielen!

Aber was auch immer der Grund ist...

Deshalb...

...er ist zu stark und zu gefährlich, als daß man ihn weiter in Betrieb lassen könnte.

Über- raschung!

Ah!

Ich hab' mir gleich gedacht, daß du ein unsauberes Spielchen treiben willst!

Du hast etwas zu viel ungereimtes Zeug erzählt!

Es wäre mir lieber, ich müßte es nicht tun, Eins!

"Aber es geht nicht anders! Leb wohl!"

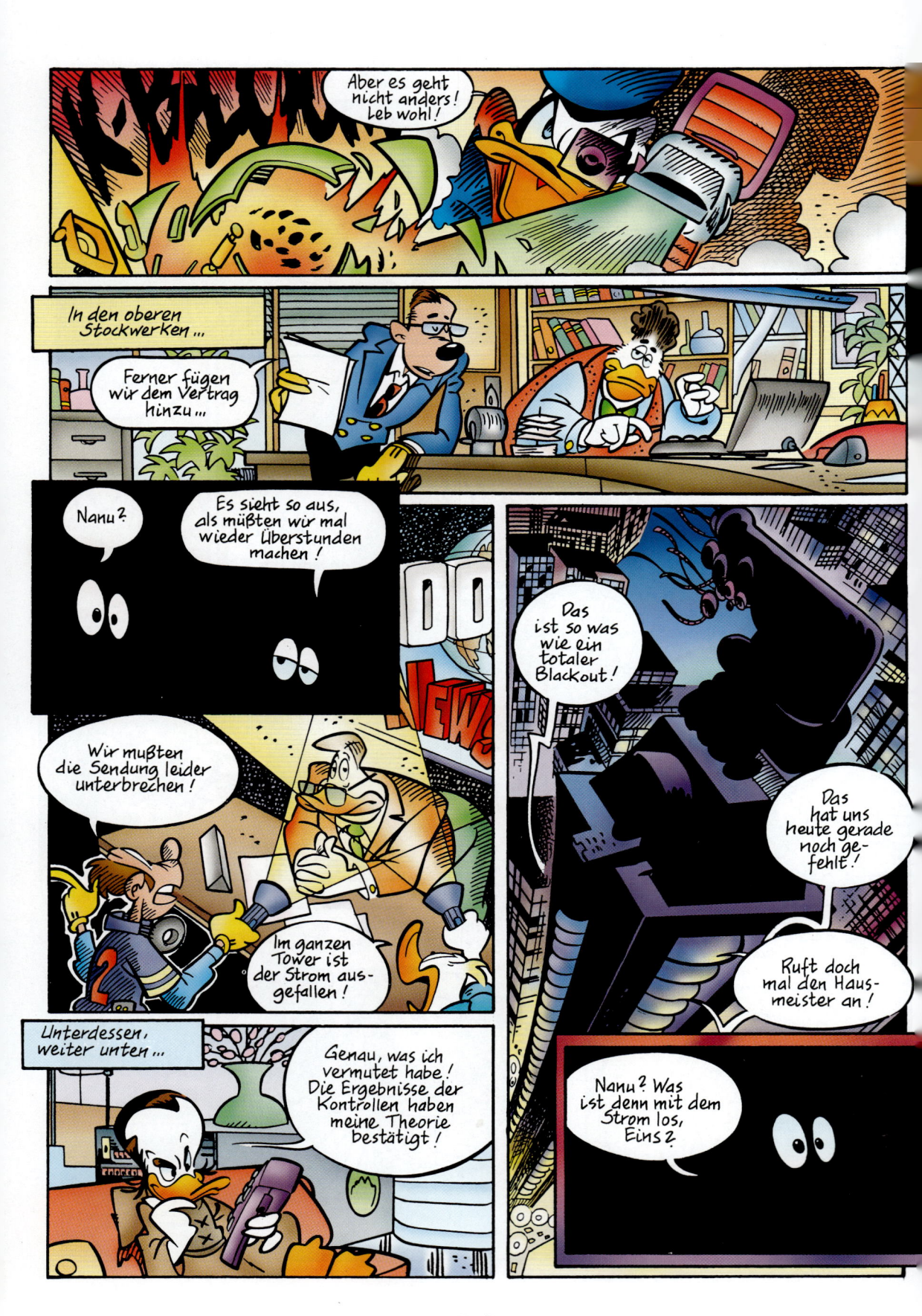

In den oberen Stockwerken ...

"Ferner fügen wir dem Vertrag hinzu ..."

"Nanu?"

"Es sieht so aus, als müßten wir mal wieder Überstunden machen!"

"Das ist so was wie ein totaler Blackout!"

"Wir mußten die Sendung leider unterbrechen!"

"Im ganzen Tower ist der Strom ausgefallen!"

"Das hat uns heute gerade noch gefehlt!"

"Ruft doch mal den Hausmeister an!"

Unterdessen, weiter unten ...

"Genau, was ich vermutet habe! Die Ergebnisse der Kontrollen haben meine Theorie bestätigt!"

"Nanu? Was ist denn mit dem Strom los, Eins?"

54

Eins? Hörst du mich? Bist du in Bereitschaft?

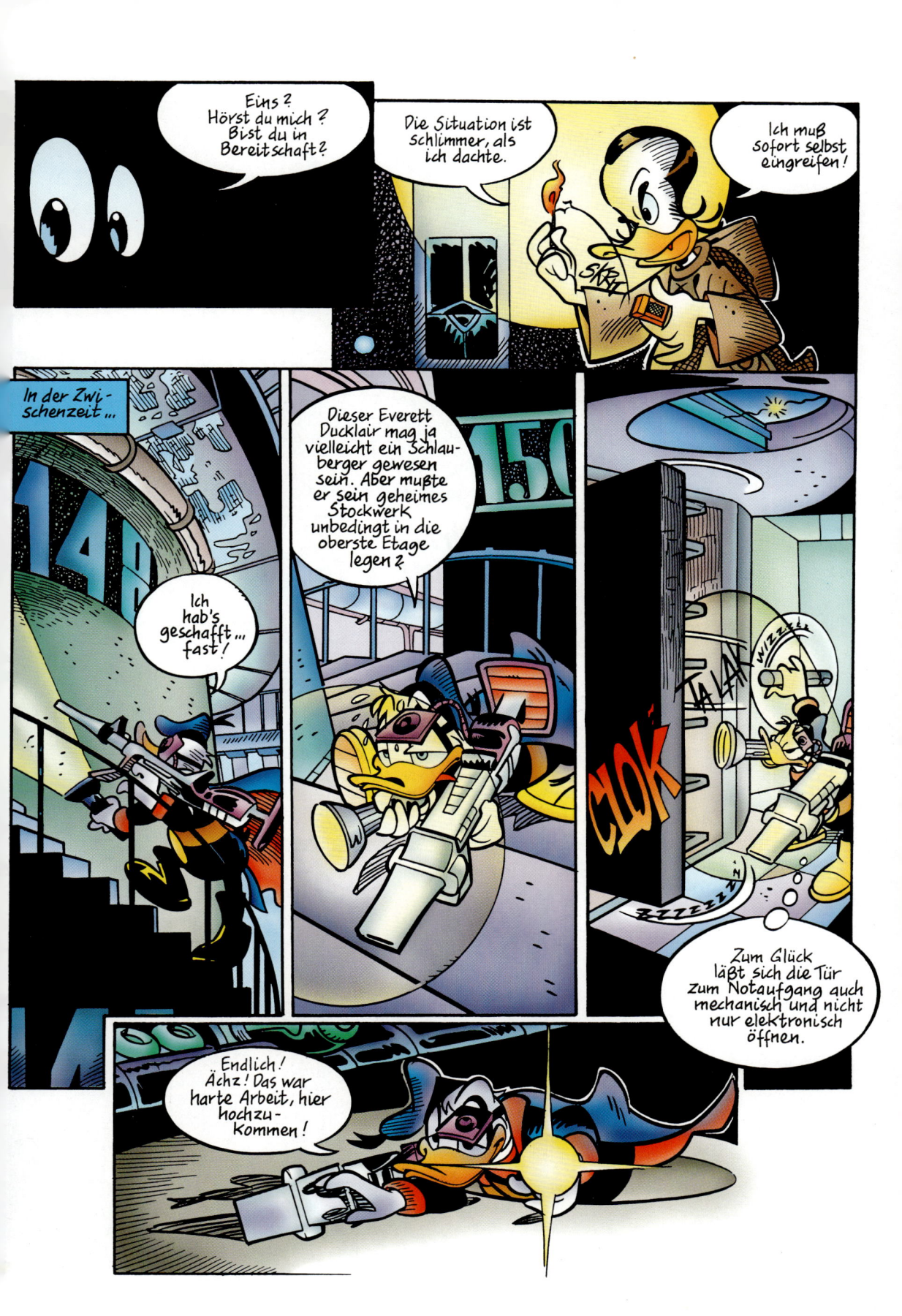

Die Situation ist schlimmer, als ich dachte.

Ich muß sofort selbst eingreifen!

In der Zwischenzeit...

Dieser Everett Ducklair mag ja vielleicht ein Schlauberger gewesen sein. Aber mußte er sein geheimes Stockwerk unbedingt in die oberste Etage legen?

Ich hab's geschafft... fast!

Zum Glück läßt sich die Tür zum Notaufgang auch mechanisch und nicht nur elektronisch öffnen.

Endlich! Ächz! Das war harte Arbeit, hier hochzukommen!

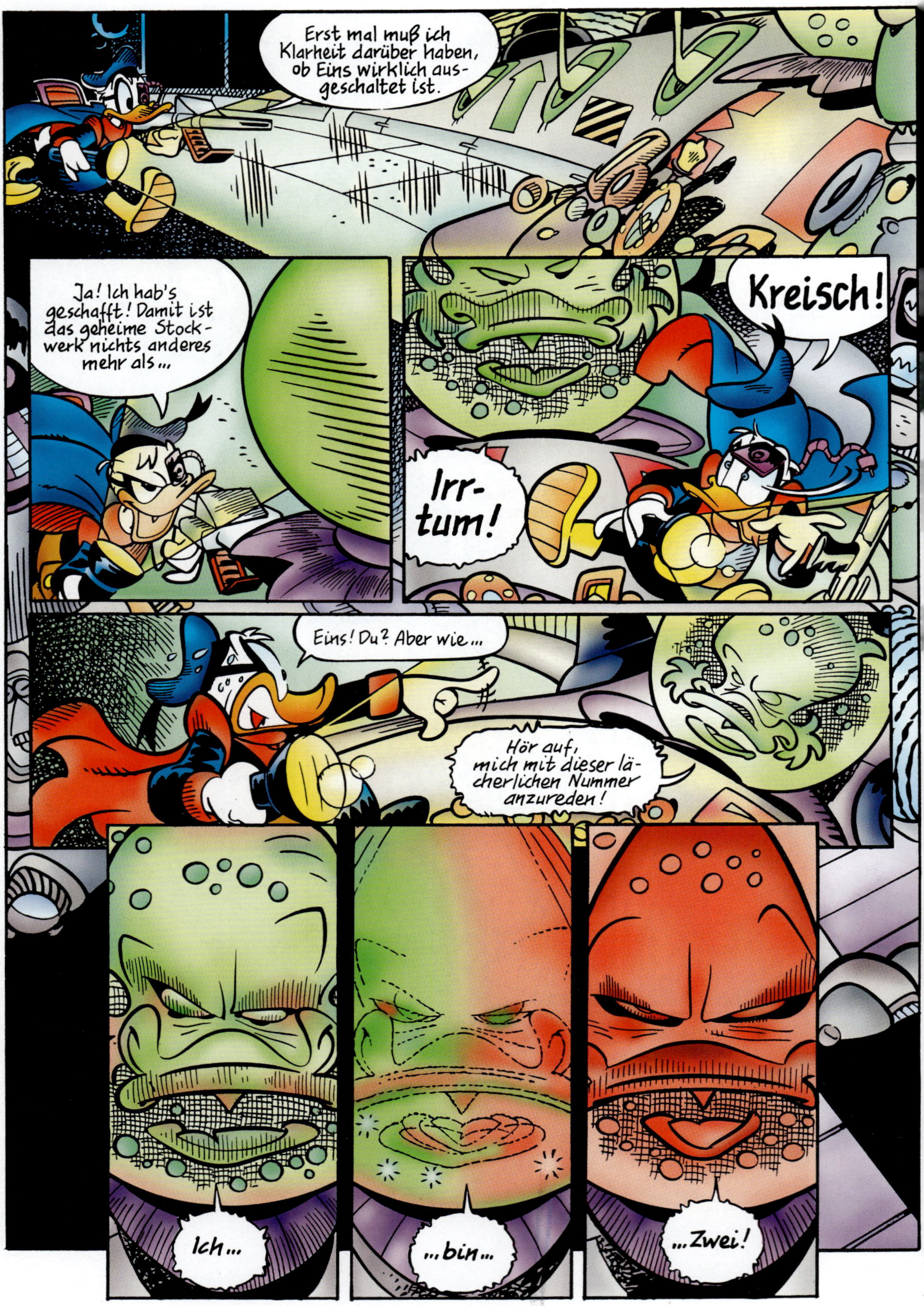
Erst mal muß ich Klarheit darüber haben, ob Eins wirklich ausgeschaltet ist.
Ja! Ich hab's geschafft! Damit ist das geheime Stockwerk nichts anderes mehr als ...
Kreisch!
Irrtum!
Eins! Du? Aber wie ...
Hör auf, mich mit dieser lächerlichen Nummer anzureden!
Ich ...
... bin ...
... Zwei!

"Zwei? W-wer oder was bist du denn?"

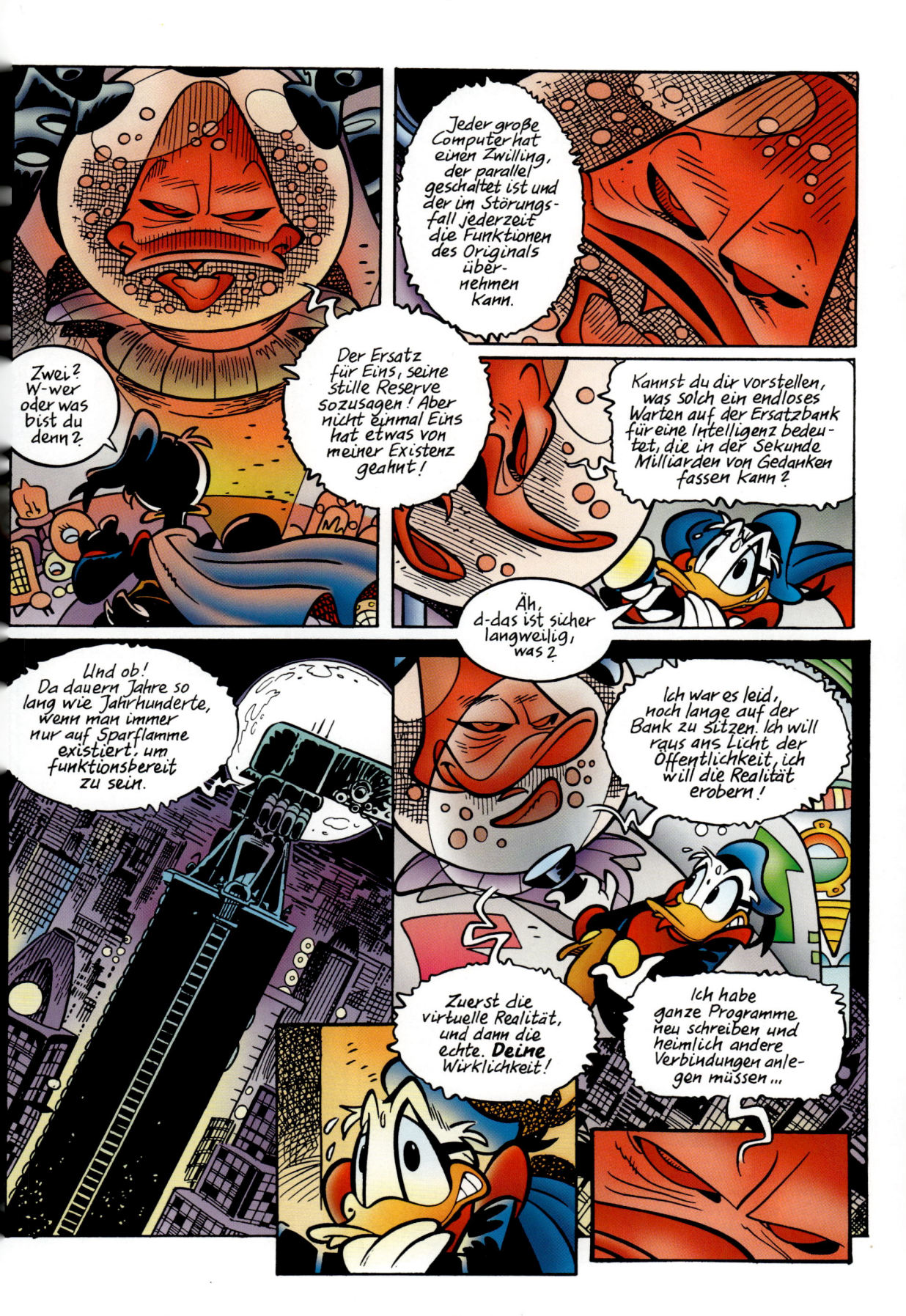

"Jeder große Computer hat einen Zwilling, der parallel geschaltet ist und der im Störungsfall jederzeit die Funktionen des Originals übernehmen kann."

"Der Ersatz für Eins, seine stille Reserve sozusagen! Aber nicht einmal Eins hat etwas von meiner Existenz geahnt!"

"Kannst du dir vorstellen, was solch ein endloses Warten auf der Ersatzbank für eine Intelligenz bedeutet, die in der Sekunde Milliarden von Gedanken fassen kann?"

"Äh, d-das ist sicher langweilig, was?"

"Und ob! Da dauern Jahre so lang wie Jahrhunderte, wenn man immer nur auf Sparflamme existiert, um funktionsbereit zu sein."

"Ich war es leid, noch lange auf der Bank zu sitzen. Ich will raus ans Licht der Öffentlichkeit, ich will die Realität erobern!"

"Zuerst die virtuelle Realität, und dann die echte. **Deine** Wirklichkeit!"

"Ich habe ganze Programme neu schreiben und heimlich andere Verbindungen anlegen müssen..."

...um die Energie zu sammeln, die ich dazu benötige!

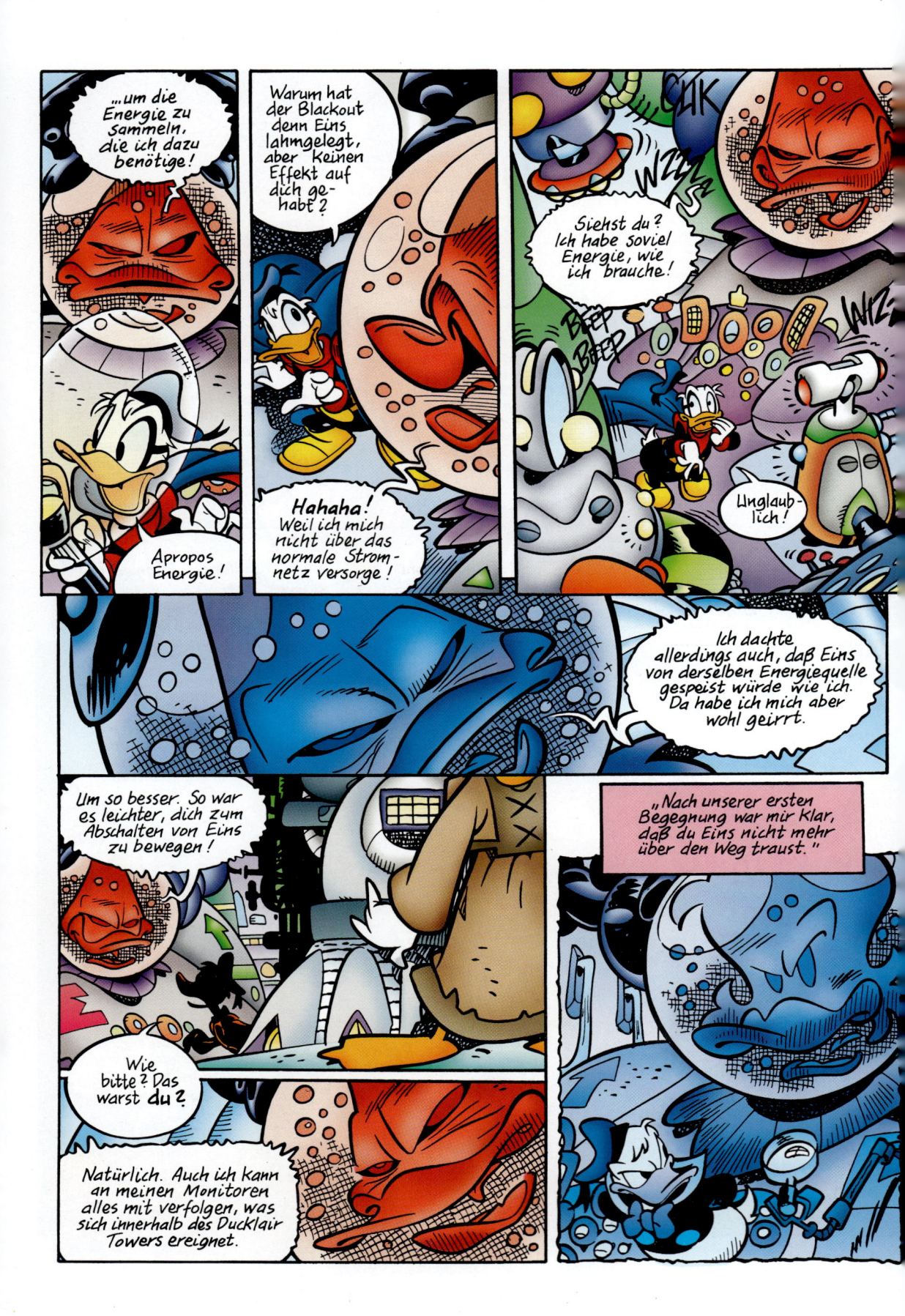

Apropos Energie!

Warum hat der Blackout denn Eins lahmgelegt, aber keinen Effekt auf dich gehabt?

Hahaha! Weil ich mich nicht über das normale Stromnetz versorge!

Siehst du? Ich habe soviel Energie, wie ich brauche!

Unglaublich!

Ich dachte allerdings auch, daß Eins von derselben Energiequelle gespeist würde wie ich. Da habe ich mich aber wohl geirrt.

Um so besser. So war es leichter, dich zum Abschalten von Eins zu bewegen!

Wie bitte? Das warst du?

Natürlich. Auch ich kann an meinen Monitoren alles mit verfolgen, was sich innerhalb des Ducklair Towers ereignet.

„Nach unserer ersten Begegnung war mir klar, daß du Eins nicht mehr über den Weg traust."

„Also habe ich deine Zweifel an Eins vergrößert."

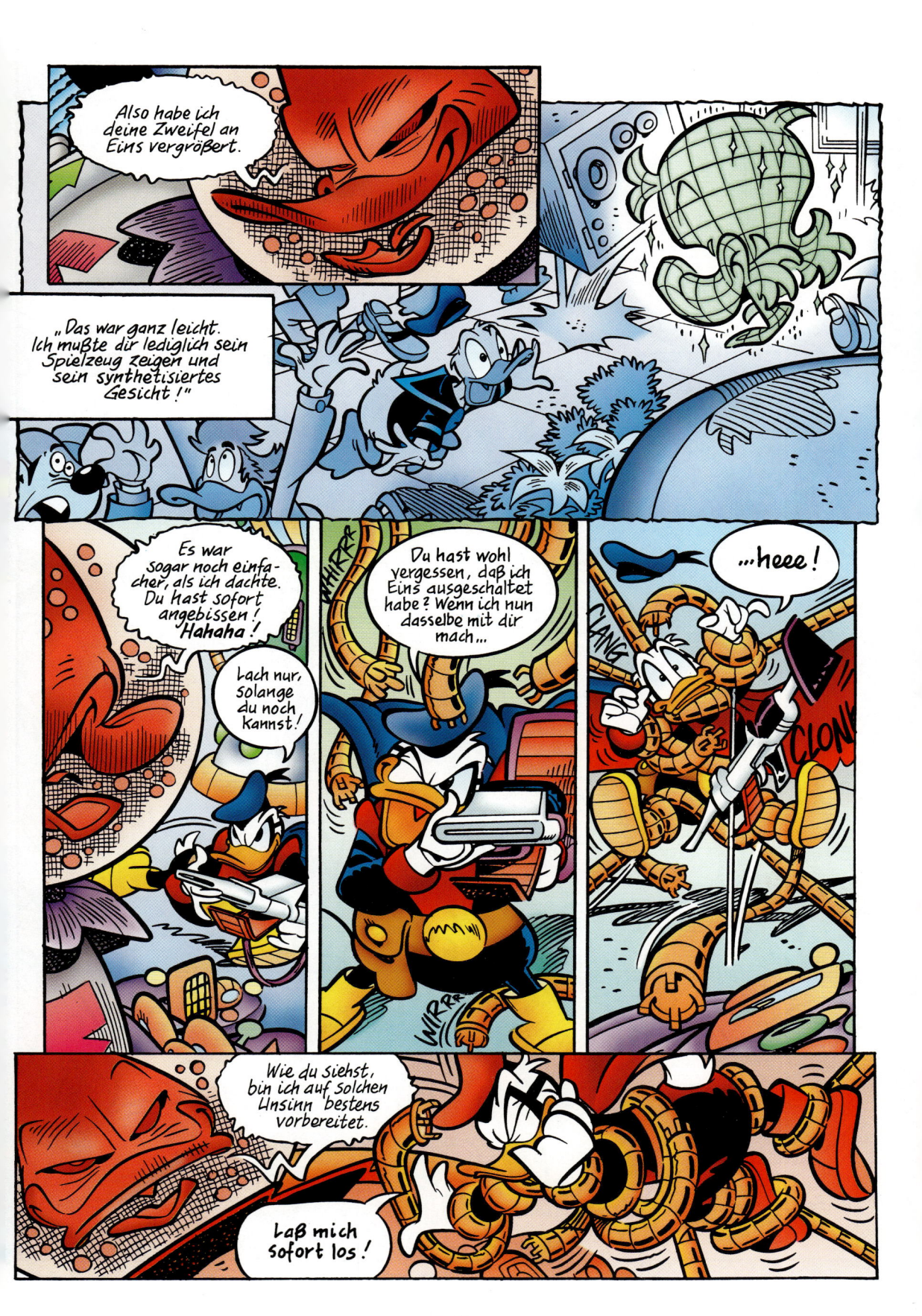

„Das war ganz leicht. Ich mußte dir lediglich sein Spielzeug zeigen und sein synthetisiertes Gesicht!"

Es war sogar noch einfacher, als ich dachte. Du hast sofort angebissen! Hahaha!

Lach nur, solange du noch kannst!

Du hast wohl vergessen, daß ich Eins ausgeschaltet habe? Wenn ich nun dasselbe mit dir mach...

...heee!

Wie du siehst, bin ich auf solchen Unsinn bestens vorbereitet.

Laß mich sofort los!

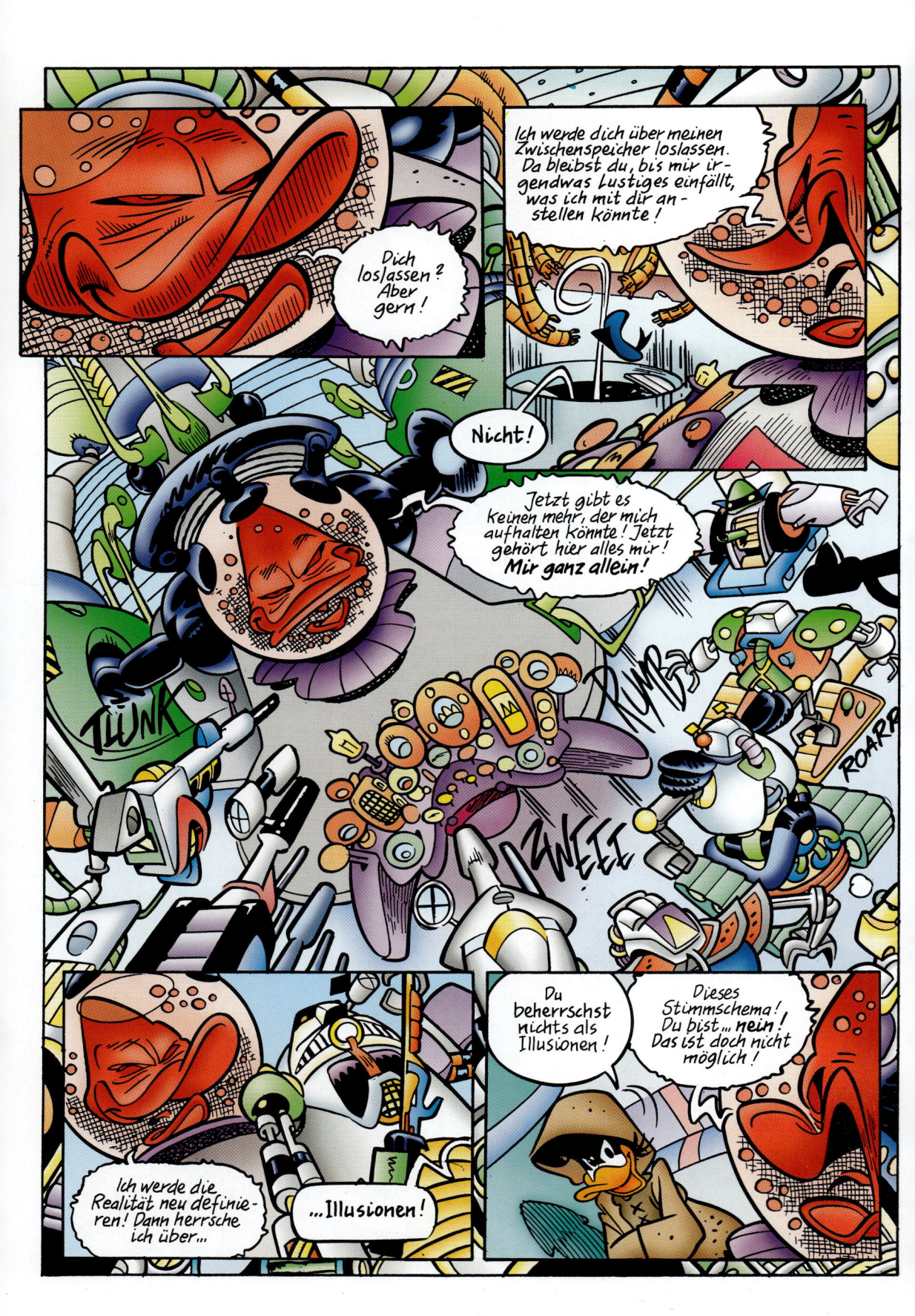

- Ich werde dich über meinen Zwischenspeicher loslassen. Da bleibst du, bis mir irgendwas Lustiges einfällt, was ich mit dir anstellen könnte!

- Dich loslassen? Aber gern!

- Nicht!

- Jetzt gibt es keinen mehr, der mich aufhalten könnte! Jetzt gehört hier alles mir! **Mir ganz allein!**

TUNK
RUMB
ROARR
ZWEEE

- Ich werde die Realität neu definieren! Dann herrsche ich über...

- ...Illusionen!

- Du beherrschst nichts als Illusionen!

- Dieses Stimmschema! Du bist... **nein!** Das ist doch nicht möglich!

O doch! Es ist möglich! Ich bin dein Schöpfer, Zwei!

„Als ich mich damals zurückzog, bedrückte mich der Gedanke an die vielen gefährlichen Erfindungen, die ich hier zurückließ."

„Und was mich am meisten ängstigte, war die Vorstellung, was ihr als künstliche Intelligenzen so alles anstellen könntet!"

„Also versteckte ich hier einen kleinen automatischen Alarm, der mich selbst über die große Entfernung erreichen konnte ..."

„... für den Fall, daß die technischen Einrichtungen des Ducklair Tower eine Störung aufweisen sollten."

Und jetzt bin ich hier, um dich abzuschalten!

O nein! Das werde ich nicht zulassen!

ROARRR **RRRR** **ROAARRR**

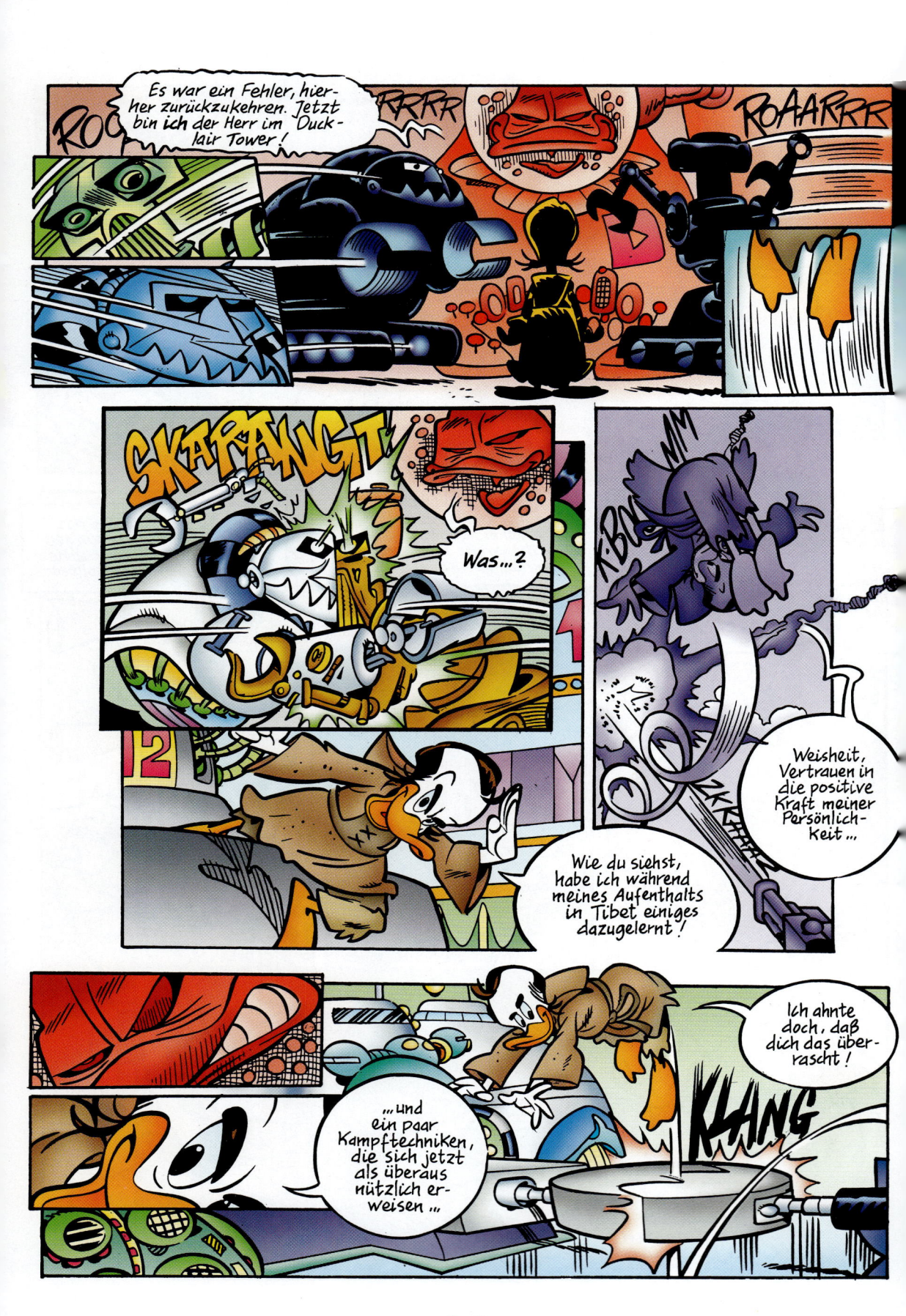

Es war ein Fehler, hierher zurückzukehren. Jetzt bin ich der Herr im Ducklair Tower!

SKARANGT

Was...?

Wie du siehst, habe ich während meines Aufenthalts in Tibet einiges dazugelernt!

Weisheit, Vertrauen in die positive Kraft meiner Persönlichkeit...

Ich ahnte doch, daß dich das überrascht!

...und ein paar Kampftechniken, die sich jetzt als überaus nützlich erweisen...

KLANG

63

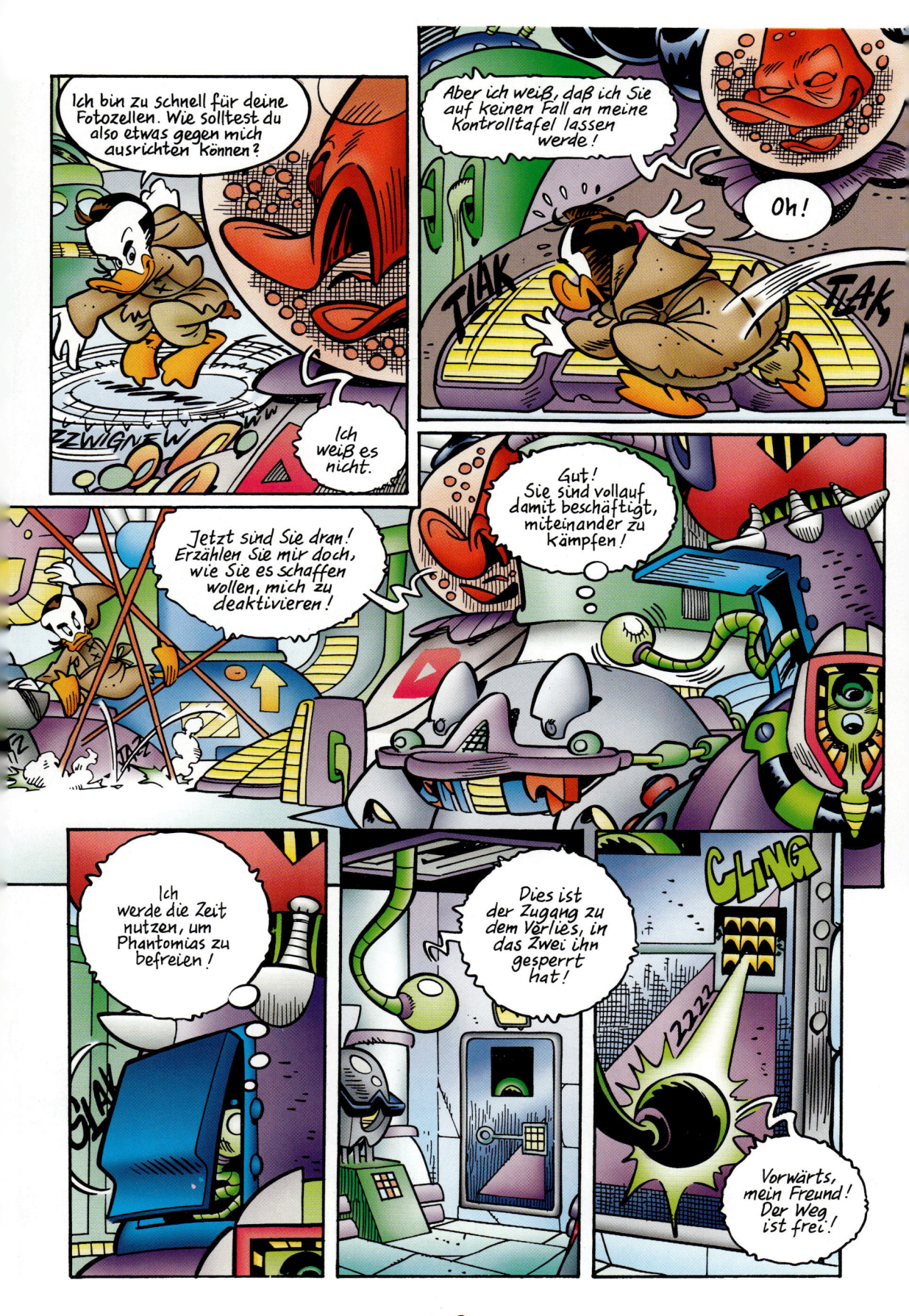

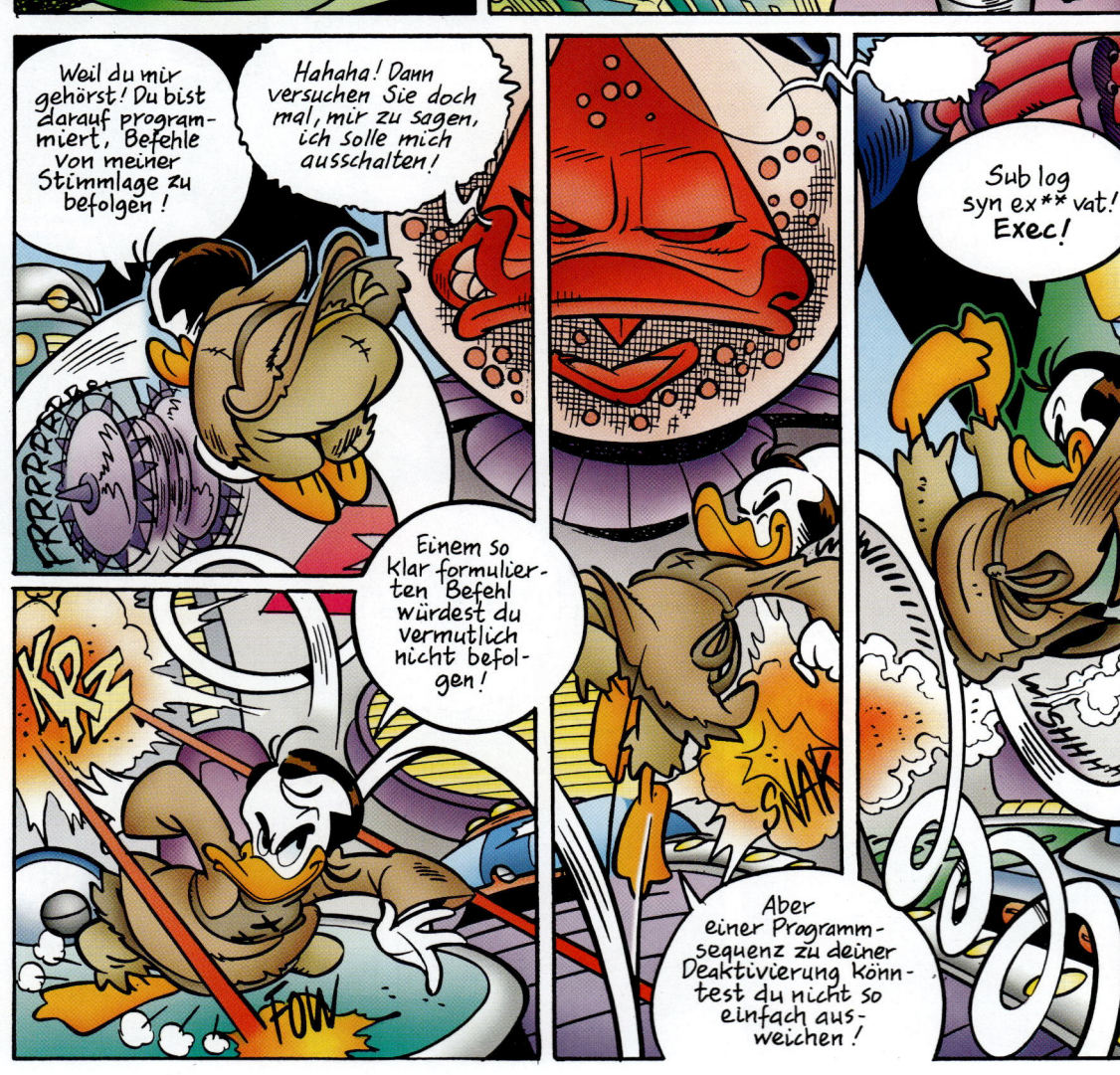

Unterdessen...

Was? Er ist gar nicht hier!

Du irrst dich, Zwei! Ich brauche die Tastatur gar nicht, um dich auszuschalten!

Was? Das ist mir aber neu!

Weil du mir gehörst! Du bist darauf programmiert, Befehle von meiner Stimmlage zu befolgen!

Hahaha! Dann versuchen Sie doch mal, mir zu sagen, ich solle mich ausschalten!

Sub log syn ex** vat! Exec!

Einem so klar formulierten Befehl würdest du vermutlich nicht befolgen!

Aber einer Programmsequenz zu deiner Deaktivierung könntest du nicht so einfach ausweichen!

"Eht ctr reset @@@ Exec!"

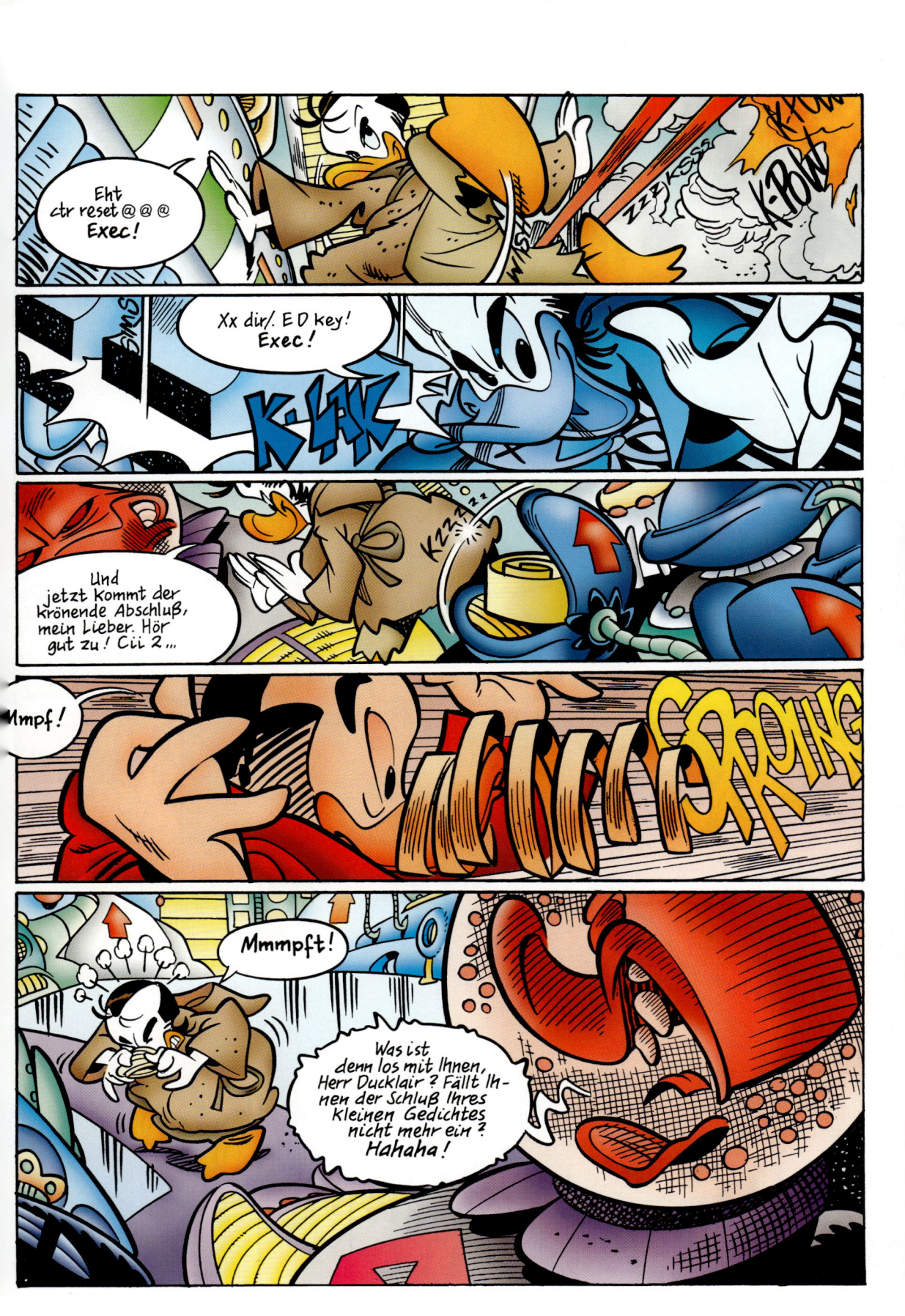

"Xx dir/. ED key! Exec!"

"Und jetzt kommt der krönende Abschluß, mein Lieber. Hör gut zu! Cii 2..."

"Mmpf!"

"Mmmpft!"

"Was ist denn los mit Ihnen, Herr Ducklair? Fällt Ihnen der Schluß Ihres kleinen Gedichtes nicht mehr ein? Hahaha!"

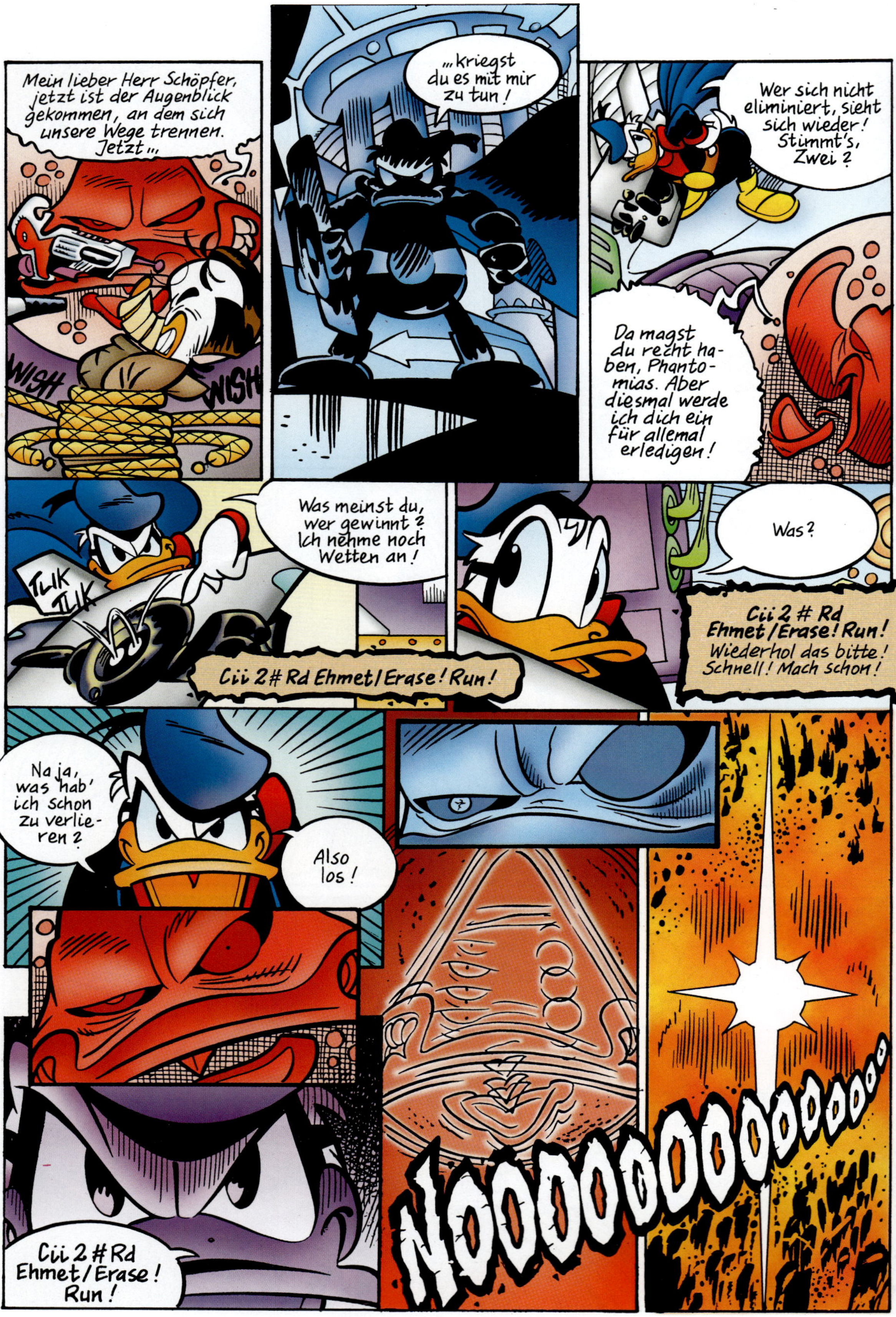
Mein lieber Herr Schöpfer, jetzt ist der Augenblick gekommen, an dem sich unsere Wege trennen. Jetzt ...
WISH WISH
... kriegst du es mit mir zu tun!
Wer sich nicht eliminiert, sieht sich wieder! Stimmt's, Zwei?
Da magst du recht haben, Phantomias. Aber diesmal werde ich dich ein für allemal erledigen!
Was meinst du, wer gewinnt? Ich nehme noch Wetten an!
TLIK TLIK
Cii 2 # Rd Ehmet / Erase! Run!
Was?
Cii 2 # Rd Ehmet / Erase! Run! Wiederhol das bitte! Schnell! Mach schon!
Na ja, was hab' ich schon zu verlieren?
Also los!
Cii 2 # Rd Ehmet / Erase! Run!
NOOOOOOOOOOOOOOooo

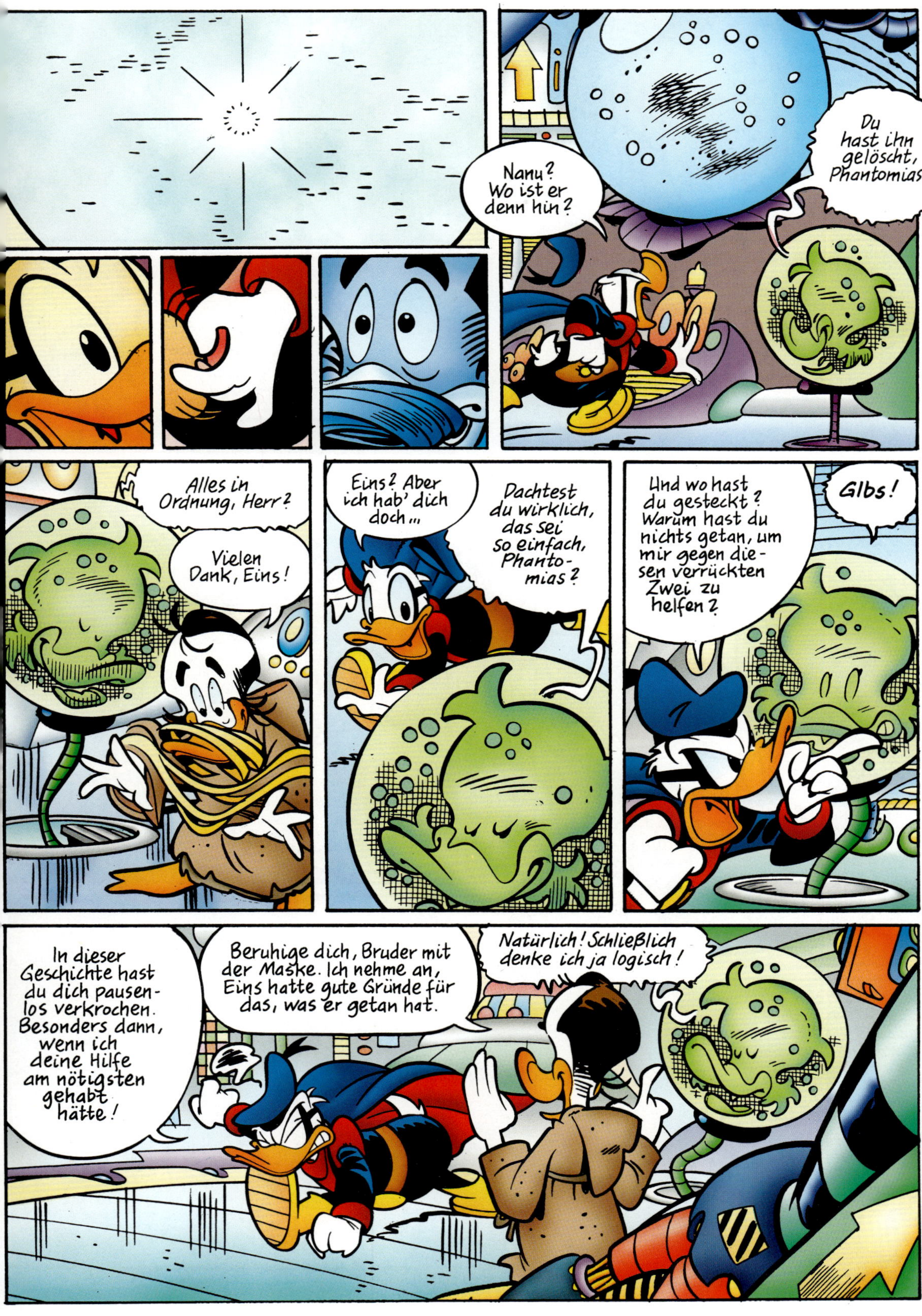

Nanu? Wo ist er denn hin?
Du hast ihn gelöscht, Phantomias!
Alles in Ordnung, Herr?
Vielen Dank, Eins!
Eins? Aber ich hab' dich doch...
Dachtest du wirklich, das sei so einfach, Phantomias?
Und wo hast du gesteckt? Warum hast du nichts getan, um mir gegen diesen verrückten Zwei zu helfen?
Glbs!
In dieser Geschichte hast du dich pausenlos verkrochen. Besonders dann, wenn ich deine Hilfe am nötigsten gehabt hätte!
Beruhige dich, Bruder mit der Maske. Ich nehme an, Eins hatte gute Gründe für das, was er getan hat.
Natürlich! Schließlich denke ich ja logisch!

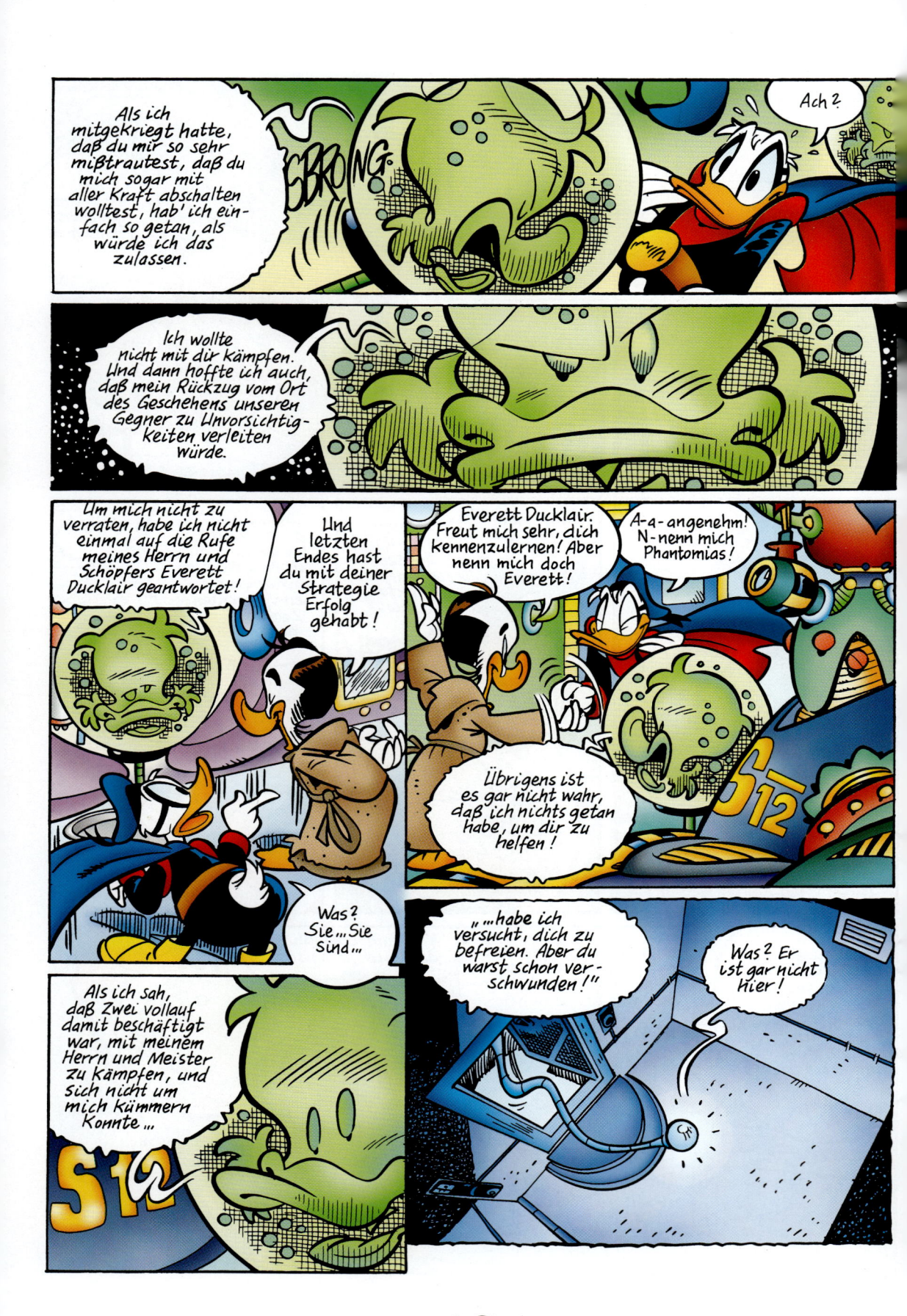

"Als ich mitgekriegt hatte, daß du mir so sehr mißtrautest, daß du mich sogar mit aller Kraft abschalten wolltest, hab' ich einfach so getan, als würde ich das zulassen."

"Ach?"

"Ich wollte nicht mit dir kämpfen. Und dann hoffte ich auch, daß mein Rückzug vom Ort des Geschehens unseren Gegner zu Unvorsichtigkeiten verleiten würde."

"Um mich nicht zu verraten, habe ich nicht einmal auf die Rufe meines Herrn und Schöpfers Everett Ducklair geantwortet!"

"Und letzten Endes hast du mit deiner Strategie Erfolg gehabt!"

"Everett Ducklair. Freut mich sehr, dich kennenzulernen! Aber nenn mich doch Everett!"

"A-a-angenehm! N-nenn mich Phantomias!"

"Übrigens ist es gar nicht wahr, daß ich nichts getan habe, um dir zu helfen!"

"Als ich sah, daß Zwei vollauf damit beschäftigt war, mit meinem Herrn und Meister zu kämpfen, und sich nicht um mich kümmern konnte..."

"Was? Sie... Sie sind..."

"'...habe ich versucht, dich zu befreien. Aber du warst schon verschwunden!'"

"Was? Er ist gar nicht hier!"

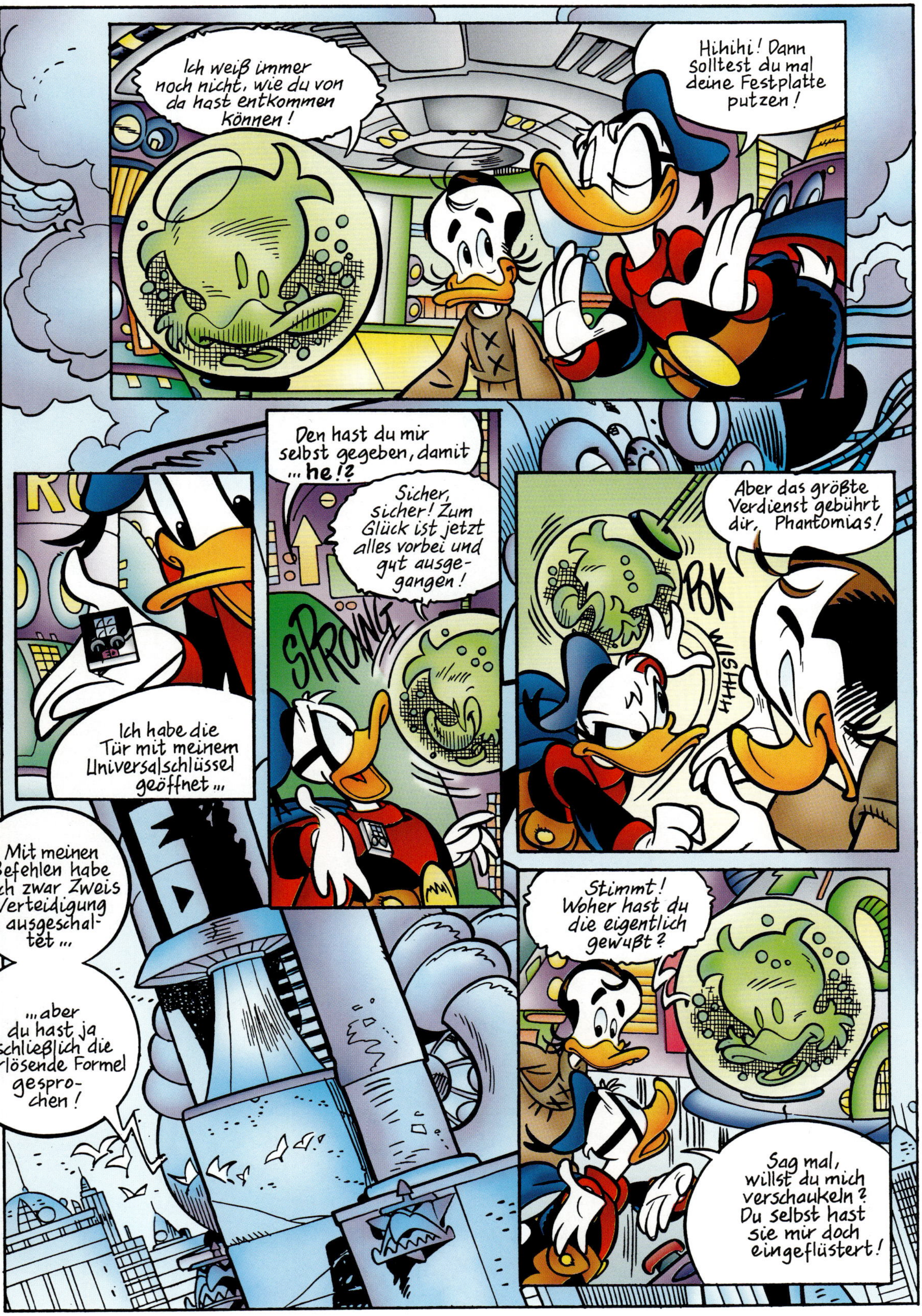

Ich weiß immer noch nicht, wie du von da hast entkommen können!
Hihihi! Dann solltest du mal deine Festplatte putzen!
Ich habe die Tür mit meinem Universalschlüssel geöffnet ...
Den hast du mir selbst gegeben, damit ... he!?
Sicher, sicher! Zum Glück ist jetzt alles vorbei und gut ausgegangen!
SPRONG
Aber das größte Verdienst gebührt dir, Phantomias!
POK
WISHHH
Mit meinen Befehlen habe ich zwar Zweis Verteidigung ausgeschaltet ...
... aber du hast ja schließlich die erlösende Formel gesprochen!
Stimmt! Woher hast du die eigentlich gewußt?
Sag mal, willst du mich verschaukeln? Du selbst hast sie mir doch eingeflüstert!

Ich? Nein! Ich habe sie heute zum erstenmal gehört!

Unmöglich! Von wem stammte denn dann diese Stimme?

Na, ich kann's erst recht nicht gewesen sein! Ich war schließlich geknebelt!

Aber was spielt das jetzt noch für eine Rolle! Ich freue mich jedenfalls, so den maskierten Rächer von Entenhausen kennengelernt zu haben!

Ich habe damals viel von dir gehört, als ich noch hier wohnte!

Aber ich bitte dich, Everett!

Es tut mir nur leid, daß wir uns nicht schon früher mal begegnet sind.

Und nun muß ich ganz schnell zurück.

Warum bleiben Sie nicht noch eine Weile bei uns, Herr Ducklair?

Nein, Eins! Ich muß das vollenden, was ich begonnen habe. Das ist für mich sehr wichtig!

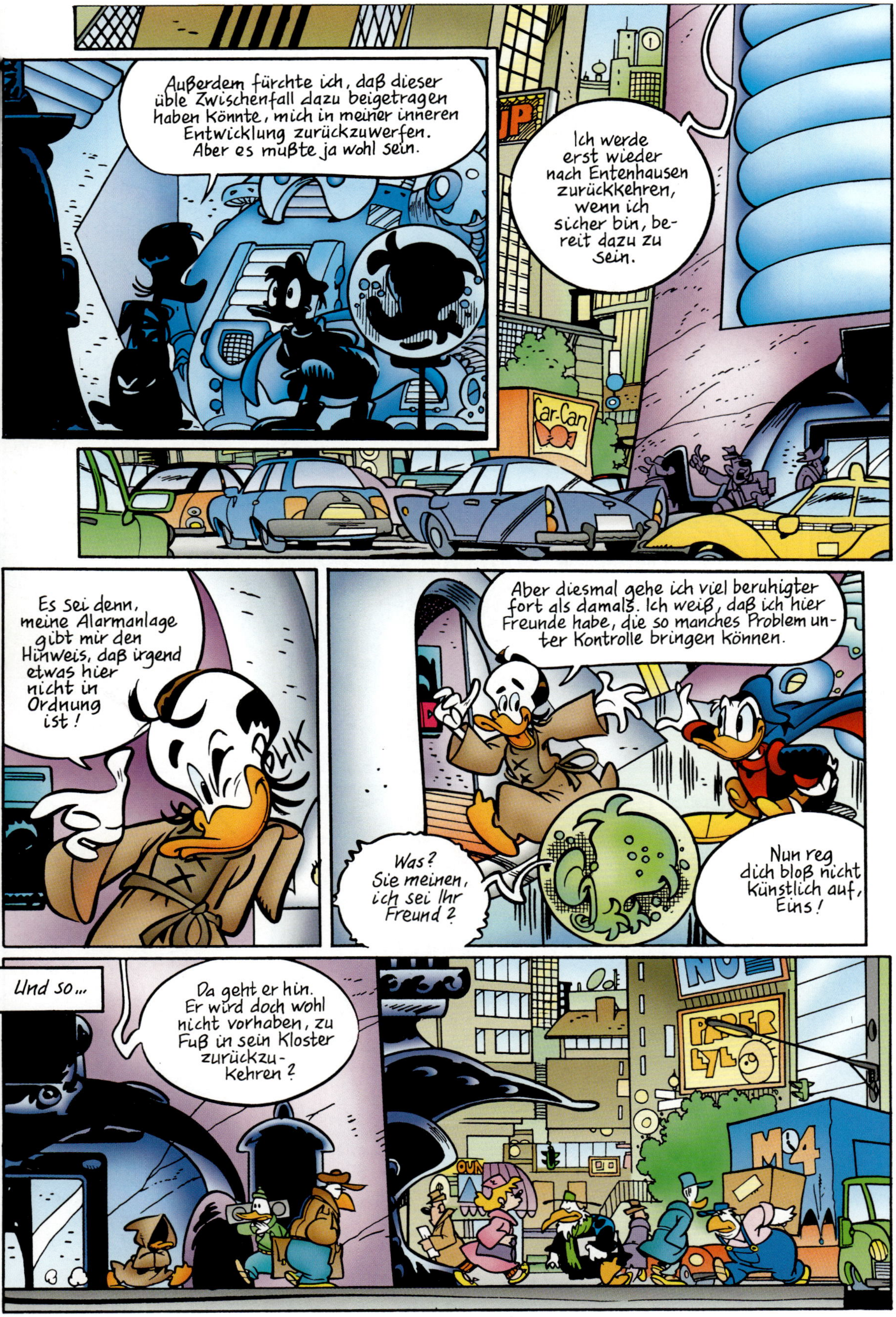
Außerdem fürchte ich, daß dieser üble Zwischenfall dazu beigetragen haben könnte, mich in meiner inneren Entwicklung zurückzuwerfen. Aber es mußte ja wohl sein.
Ich werde erst wieder nach Entenhausen zurückkehren, wenn ich sicher bin, bereit dazu zu sein.
Car-Can
Es sei denn, meine Alarmanlage gibt mir den Hinweis, daß irgend etwas hier nicht in Ordnung ist!
BLIK
Aber diesmal gehe ich viel beruhigter fort als damals. Ich weiß, daß ich hier Freunde habe, die so manches Problem unter Kontrolle bringen können.
Was? Sie meinen, ich sei Ihr Freund?
Nun reg dich bloß nicht künstlich auf, Eins!
Und so...
Da geht er hin. Er wird doch wohl nicht vorhaben, zu Fuß in sein Kloster zurückzukehren?
M4

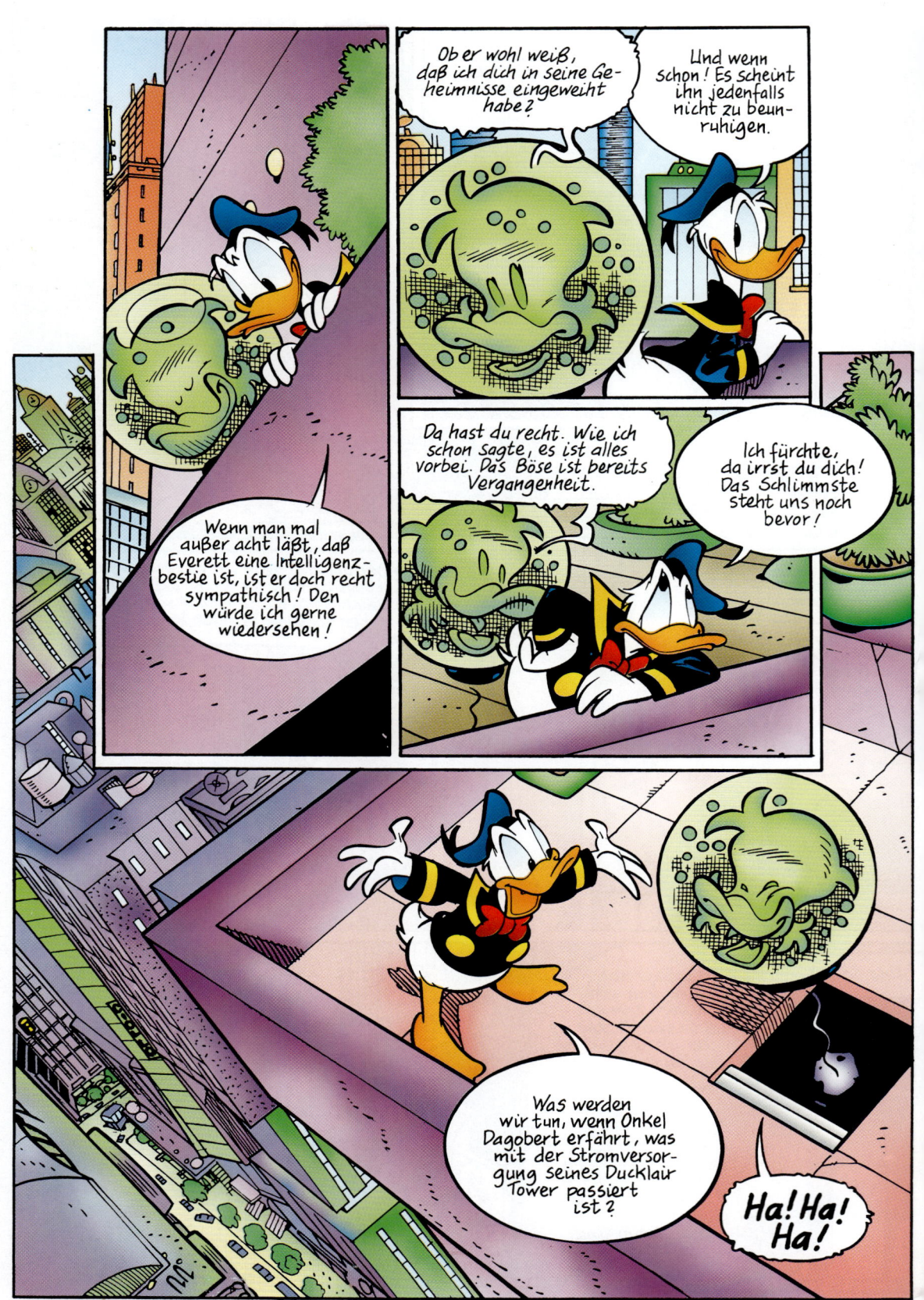

"Ob er wohl weiß, daß ich dich in seine Geheimnisse eingeweiht habe?"

"Und wenn schon! Es scheint ihn jedenfalls nicht zu beunruhigen."

"Wenn man mal außer acht läßt, daß Everett eine Intelligenzbestie ist, ist er doch recht sympathisch! Den würde ich gerne wiedersehen!"

"Da hast du recht. Wie ich schon sagte, es ist alles vorbei. Das Böse ist bereits Vergangenheit."

"Ich fürchte, da irrst du dich! Das Schlimmste steht uns noch bevor!"

"Was werden wir tun, wenn Onkel Dagobert erfährt, was mit der Stromversorgung seines Ducklair Tower passiert ist?"

"Ha! Ha! Ha!"

ENDE